商流

金文堂

Golden Hall

金文堂

Golden Hall

借古鑑今

歷史名人

Historical Figures

傳奇演繹

中華文化歷史悠久，無論是雄才偉略的**帝王將相**，吟詠性靈的**文騷墨客**，或是默無蹤跡的**凡夫俗子**，其實都是浩瀚無涯、千百年來歷史帳幔的一分子。千古輪迴**歷史名人**身上，有感天動地的**至誠孝道**，也有豎指稱奇的**機智果斷**，還有深深影響後世人的**勤奮刻苦**，個個都是那麼的精彩、熠亮。

史學家 **編著**

一〇〇個歷史人物的「小」故事，一〇〇個功成名就的原因。

中華民族歷史悠久，無論是雄才韜略的帝王將相，還是吟詠性靈的文人騷客，又或者默無蹤跡的平民俗眾，每一個人都是這個歷史畫卷的創造者。我們從中選取了滄海一粟，把目光放在孩子身上，通過動人故事，向現代的人們傳遞中華千年不朽的文明和傳統。

在這些孩子身上，有感天動地的至誠孝道，也有豎指稱奇的機智勇敢，還有對後世人影響深刻的勤奮刻苦，個個都是那麼精彩。

在中國人的理念中，百善孝為先，做人先要立品，才能立言。本書介紹了一百個古代孩子真誠得令人唏噓的孝順，讓人去領悟體驗為人子孫的感恩忍耐和毫無計較的愛。

擁有孝順的完善處世標準後，勤奮成為古代孩子最為尊崇、開眼界求發展的不二法門。鑿壁借光的匡衡，聞雞起舞的祖逖，抄書萬卷的葛洪……無一不是生動再現「書山有路勤為徑，學海無涯苦作舟」的古訓。

對於成人來說，也許豐厚的學問就是要「貨與帝王家」，而在那麼多古代孩子的身上，我們看到的卻是極具現代意識的平等、博愛，他們運用自己的才能回報社會，以造福百姓為實現人生價值為榮，如徐文長對竇太師，安童對元世祖，外黃少年對項羽……小小的少年面對叱吒風雲的大人物，不因年齡和地位的懸殊而退縮，善用過人智慧，據理力爭，為營營眾生爭取權力和利益。孩子是民族的希望，當孩子一代更比一代卓越，國家社會乃至地球，不是越來越美麗嗎？

本書不僅是成人親炙歷史、砥勵心性的良好書伴，也適合親子共賞，父母親可將本書當床頭故事書，孩子們沉浸在一篇篇戲劇張力十足的故書之餘，更能增進親子關係，深刻感受父母透過故事的鼓勵和愛。

此外，孩子們也可以自己閱讀，故事長度約八百至一千字之間，以白話文對話說故事，適合現代孩子的語文閱讀習慣，易吸收消化。全書分為志氣篇、勤奮篇、智勇篇、忠孝篇四大主題，故事完全切合這四個主題，為主角聞名的事蹟或人格特質的呈現和延伸，讓小讀者正確了解並認識主角，進而更了解中國歷史，也建立起好孩子的優良品質。篇章後規劃助讀單元，針對難字有【字詞注釋】單元，標注讀音、注釋和例句；更有【名著簡介】增加孩子的國文知識；【詩文欣賞】提昇孩子對優美文字的鑑賞力；【成功心語】，幫住孩子掌握文章的重點，並激勵孩子在成長的路上用對方法面對困境。

目錄

志氣篇

〇〇一、好學不倦的孔子　10
〇〇二、知錯能改的孟子　13
〇〇三、司馬遷年少立志　15
〇〇四、知識廣博的小王粲　18
〇〇五、詠鵝天才詩童駱賓王　21
〇〇六、李白鐵杵成針立恆志　23
〇〇七、李賀七歲賦佳作　27
〇〇八、「居天下易」的白居易　31
〇〇九、范仲淹劃粥勤學　34
〇一〇、王獻之依缸習字　37
〇一一、王羲之吃墨　39
〇一二、自學成才的王冕　42
〇一三、韓幹以馬為師　44
〇一四、唐寅「撞門」悟藝　46
〇一五、好問多知的沈括　48
〇一六、數星星的張衡　51
〇一七、愛動腦筋的畢昇　53
〇一八、徐光啟巧摘「沖天心」　55

〇一九、志在四方的徐霞客 57
〇二〇、處處用心的小魯班 60
〇二一、華佗十歲拜師學藝 63
〇二二、李時珍的天然草藥課堂 65
〇二三、少年包拯巧斷啞案 67
〇二四、岳飛搖樹習武 69
〇二五、陳平忍辱苦讀 73
〇二六、魏源聞雞而眠 75
〇二七、羅綸人窮志高 77
〇二八、皇甫謐浪子回頭 79
〇二九、管寧割席拒友 82
〇三〇、許衡不食無主之梨 84
〇三一、於謙石灰精神清白做人 86
〇三二、林則徐少年壯志 88
〇三三、喜歡奇趣故事的吳承恩 90

勤奮篇

〇三四、屈原洞中苦讀 94
〇三五、司馬光警枕勵志 96
〇三六、匡衡鑿壁偷光 98
〇三七、孫康映雪苦讀 100
〇三八、車胤囊螢照讀 102
〇三九、孫敬懸樑夜讀 104
〇四〇、祖逖聞雞起舞 106
〇四一、借書抄書的宋濂 108
〇四二、解縉巧對曹尚書 110
〇四三、賈逵隔籬偷學 112
〇四四、王雱智辯獐鹿 114
〇四五、萬斯同閉門苦讀 116
〇四六、黃巢智騙官兵 119

○四七、葛洪抄書破萬卷 121

智勇篇

○四八、甘羅巧言當宰相 126
○四九、蔡文姬六歲辨琴 128
○五○、項橐智難孔子 130
○五一、十六歲博士戴憑 132
○五二、詠絮才女謝道韞 135
○五三、李清照填詞驚客 137
○五四、蘇軾十二歲巧改詩詞 139
○五五、諸葛亮餵雞 142
○五六、曹沖智秤大象 144
○五七、黃琬觀日食 146
○五八、文彥博灌水取球 148
○五九、孔融讓梨 150
○六○、小進士晏殊 152
○六一、「小軍師」孟珙 155
○六二、徐文長難倒實太師 157
○六三、少年吳王斷冤案 160
○六四、康熙帝智除鼇拜 162
○六五、神童張蘭巧對女皇 164
○六六、博學徐稚以錯改錯 166
○六七、沉穩馬芳伺機返家 168
○六八、於仲文放牛判案 170
○六九、王維巧斷甜瓜案 172
○七○、文中子少年教學 176
○七一、區寄巧鬥強盜 178
○七二、戴震挑戰權威 180
○七三、孟嘗君理勝父親 182

○七四、婧女為父伸冤 184
○七五、淳於誕施財報仇 187
○七六、岳珂為祖父昭雪 189
○七七、楊億妙答皇帝 191
○七八、諸葛恪為父解圍 193
○七九、安童一語救千人 195
○八○、劉伯溫妙計救鄉親 197
○八一、蘭姐留記抓賊寇 199
○八二、劉聿借鷹脫險 201
○八三、謝聽信鴿救人 203
○八四、黃城少年勸項羽 205
○八五、荀灌智勇救危 207
○八六、李東陽和皇帝對詩 209
○八七、少女英雄馮婉貞 211
○八八、孫叔敖砸蛇救人 213
○八九、爾朱敞換裝脫險 215
○九○、楊寶救鳥 217

忠孝篇

○九一、謝定住打虎救母 220
○九二、連心母子曾參 222
○九三、吳猛恣蚊 224
○九四、黃香溫席 226
○九五、楊香打虎救父 228
○九六、閔損蘆衣順母 230
○九七、王祥臥冰求鯉 232
○九八、孟宗哭竹生筍 234
○九九、王僧孺抄書養母 236
一○○、黃潤替父遷移 238

志氣篇

每個人都有一個最初的夢想。夢有多大，你的人生舞臺就有多大。只要你勤奮、執著，平凡的人也能演繹出最精彩的人生；天賦如同自然花木，要用不間斷的學習來修剪和澆灌，任何一門技藝，都是學無止境的。

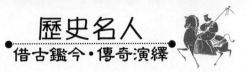

○○一──好學不倦的孔子

孔子是春秋時期著名的思想家、教育家、政治家，儒家學說的創立者，其言論集《論語》，成為儒家學派的經典。

西元前五五一年，孔子出生在一個沒落的貴族家庭，三歲喪父。母親顏征在於孔家受到排斥，只好帶著孩子移居到禮制周全的曲阜定居，過著十分清貧的生活。

孔子天資聰慧，四歲時便認得了很多的字。在人們不斷感歎他的天分時，卻不知道神奇的背後是一個孩子過人的勤奮。

冬日的夜晚，睡在被窩裡的孔子突然驚醒。哥哥伯尼不解地問：「你怎麼了？」他揉揉眼睛說：「明天一早，母親要考我昨天學過的生字，我雖然練了很多遍了，可怕萬一哪個字記得不牢，母親該傷心了。我還是想起來再多練幾遍，不讓母親失望！」

哥哥被他的孝心和刻苦感動，提議用自己的脊背作案，讓弟弟手指當筆，幫助他加強記憶。孔子很高興，立刻在哥哥背上寫畫起來。直到所有的生字都複習了一遍，才安然地帶著微笑睡著了。第二天，孔子順利通過了母親的考試，學習的勁頭也更足了。

除了認真讀書學習，小孔子還很喜歡和哥哥到宗廟去看祭祀。因為所看的次數頻繁，對祭禮的儀式瞭若指掌。在和小朋友嬉戲的時候，他最愛提議玩「俎豆」的遊戲。在古時候，俎與豆都是祭器。一群孩子在小孔子的帶領下，有模有樣地主祭、上香、獻爵、奠酒、行禮……等，周圍的成人無不驚訝得瞪大了雙眼。

不管任何時候，小孔子每次學習完畢，都要對著擺設的三寶行大禮，表示敬意。

這是一個寒冷的冬日，母親勸說正在看書、衣衫單薄，凍得瑟瑟發抖的孔子早點休息。孔子一邊答應，一邊放下筆向門外走去。母親很詫異，以為他要出去玩耍，連忙制止。

年少的孔子回頭解釋：「我不是去玩，我是要祭祀神靈，行大禮呀！」母親心疼兒子，不解地說：「行禮不必現在，外面多冷啊！」

孔子卻笑著回答：「如果因為寒冷放棄禮儀，將來就會因為各種困難而放棄禮儀，最後放棄做人的準則！」

母親愣住了，被他的堅定感染，欣然地接受了兒子的決定。

因為從小立下「志於學」的決心，孔子到了十六、七歲，已經成為一個熟知禮儀，很有文化修養的少年，奠定了將來「萬世師表」和「文聖」的地位。

【成功心語】

雄心壯志是茫茫黑夜中的北斗星。在孔子超人的天資背後，伴隨著鍥而不捨的精神和刻苦勤奮的汗水。正所謂「天才來自勤奮」，人若有志，萬事可為！

【字詞注釋】

◈ 俎（ㄗㄨˇ）豆（ㄉㄡˋ）

【釋義】1、祭祀、宴客用的器具。《史記 孔子世家》：「常陳俎豆，設禮容。」

2、引申為祭祀和崇奉的意思。范曄《後漢書 祭遵傳》：「雖在軍旅，不忘俎豆。」

【例句】每年春節，老祖父都要在案桌上擺出俎豆，祭祀陳家的列祖列宗。

○○二——知錯能改的孟子

孟子是我國著名的思想家、教育家、政治理論家，是孔子之後的一代儒學大師，被後世尊奉「亞聖」。貴族出身的孟子自幼喪父，與母親相依為命。小孟子天資聰明，十分喜愛學習，卻因為好奇心重，意志不堅定，常常做出許多讓母親憂心的舉動。

有一段時間，孟子和母親借住在郊區的墳塋旁，每天都要見識那些喪家舉行各種喪葬儀式。趁著母親外出，頑皮的孟子召集了鄰里的孩子玩「祭拜死人」的遊戲。他做總指揮，一群孩子忙著吹吹打打、挖墳、掘墓、燒紙錢、假意哭哭啼啼……玩得很開心。孟母回家一看，滿心焦慮，毅然決定立即搬遷。

孟子的新家在一個市集旁，鎮日裡人來人往，討價還價此起彼伏。孟子被熱鬧的交易吸引，很喜歡和小夥伴們裝扮成小商小販，玩賣魚殺豬的遊戲。孟母十分痛心，覺得兒子沉迷於芝麻蒜皮的計較，不可能有遠大志向，決定再次搬遷。

幾番搜尋，孟母終於在一家學堂附近定居下來。在朗朗的讀書聲中，孟子逐漸融會於濃郁的文化氣氛中，開始專心學習。孟母很高興，臉上露出欣慰的笑容。可是沒過多久，孟子又厭倦了讀書，滿腦子都是如何玩耍。趁著母親忙碌家務和織布，他悄悄跑到外面去閒逛，或者進到林子捕捉小鳥，然後躡手躡腳地偷跑回家。

有一天，孟子又故伎重施，玩得滿頭大汗回來。母親正在織布，很隨意地抬頭看了他一下，卻沒有斥責，還「饒有興趣」問：「兒子，你來看看我這布織得怎麼樣？」孟子本來很緊張，見母親沒有發怒，急忙讚揚說：「很漂亮呀！母親的手好巧！」

「那這塊布織下去會怎樣？」孟子：「會成為美麗的錦緞，作用可大著呢！」孟子的話音還未落，母親就舉起鋒利的剪刀，喀嚓一下剪斷了華美的布匹。孟子嚇呆了，連忙說：「母親，你在幹什麼呀？」

孟母雙眼含淚，一字一頓地說：「現在，布不成材，線不成料，就是一塊廢物！人的學習也如織布，堅持下去就能成才，中途間斷就是荒廢，這叫半途而廢！你學而不專，將來怎麼能成大器？」

孟子目瞪口呆，突然明白了母親的用心良苦。他流著眼淚，跪在母親面前認錯：「母親，孩兒懂了，學習貴在持之以恆，我一定不學這塊斷布！」從此以後，孟子銘記母親的教誨，朝夕勤學不怠。最終成為滿腹經綸的大儒。

【成功心語】

良好的環境可以讓人生發展更為順利，「孟母三遷」成為傳世佳話。孟子知錯能改，從小錯上知曉大道理，這樣的收穫對於未來的影響無限深遠。

○○三——司馬遷年少立志

司馬遷是兩漢時期最有名的文學家、史學家、思想家，他所編寫的《史記》被稱為「史家之絕唱，無韻之《離騷》」。

受到史官父親的的影響，小小司馬遷對歷史故事產生了濃厚的興趣，並孜孜不倦地閱讀著相關的資料和文獻。在他八歲的時候，家裡的藏書就被翻遍了。

有一天，司馬遷到龍門山下牧羊遊玩，被湍急的黃河吸引，站在山頭久久不肯離開。一個牧羊老人見他如此專注，就問：「孩子，你想知道龍門的故事嗎？」司馬遷很高興，點頭說：「你能告訴我嗎？」

「黃河水順流直下，一瀉千里，是沒有魚能逆流而上的。傳說，如果魚能穿過這段驚濤駭浪、逆流沖過的黃河，就會成為神龍。每年，總有成千上萬的魚從下游趕來，躍躍欲試，希望能成為神龍。只可惜，大多被巨浪捲走，或被甩在懸崖上，無端端丟了性命！」

「難道就沒有成功的嗎？」司馬遷急切地問。

「據說，大禹治水後的兩千年來，一共有七十二條鯉魚躍過了龍門，成為了神龍，那場面無比壯觀！」

司馬遷聽得如癡如醉。回家的路上，他一直在思考鯉魚躍龍門的奧妙。他向家人講述了這個奇特的傳說，問：「為什麼只有這七十二條鯉魚能成為神龍呢？」

父親笑了笑，說：「人們看到的成功者，其實都是在驚濤駭浪中磨練了很多年，才去龍門一試的。它們一旦失敗，也決不氣餒，回去繼續苦練。可以這麼說，那超人的本領是在挫折和不斷碰壁中錘鍊出來的。」

「要想成功，就要不怕失敗，不怕辛苦，對吧？」司馬遷很認真地問。

父親點點頭，語重心長地說：「鯉魚的故事是讓你學會堅忍不拔，百折不撓，而歷史上的『龍門』又叫『禹門』，卻和一個真實的英雄分不開，你知道是誰嗎？」

沒有等司馬遷說話，父親就講起了大禹不畏艱險，登上龍門山頂，劈山疏水，造福子孫萬代的故事，說：「為了紀念大禹治水的偉績，人們就把『龍門』稱做『禹門』。」

司馬遷被深深地感動著，立刻發下誓言：「我也要像大禹一樣，不怕艱難困苦，做出有益人世的大事！」

十歲的司馬遷隨父進京，開始拜名師，苦學不倦，熟讀《左傳》、《國語》，精通古文，瞭解中國歷史，終於在晚年寫下《史記》，成為不朽的歷史巨人。

【成功心語】

有志者事竟成，一個人如果能早立志，立大志，立長志，就一定能在今後的人生道路上，做出一番成績，實現心中的理想！志氣造就了司馬遷，在人生的逆境中奮起，創造奇跡！

【名著簡介】

1、《史記》：由中國西漢歷史學家司馬遷編寫的史學名著，又稱《太史公記》，是中國歷史上第一本紀傳體通史。

2、《離騷》：由戰國時著名的楚人屈原創作的政治抒情詩，是中國古代詩歌史上最長的一首，表達了詩人潔身自好、忠誠愛國的浪漫主義情懷。

3、《左傳》：由春秋末年魯國史官左丘明編寫，通過記述春秋時期的具體史實來解釋說明孔子的《春秋》，是儒家重要經典之一。西漢時稱它為《左氏春秋》。東漢以後改稱《春秋左氏傳》，簡稱《左傳》。

4、《國語》：司馬遷和班固等人認為是左丘明編寫，自古爭議很大。它是中國最早的一部國別史著作，記錄了周朝王室和魯、齊、晉、鄭、楚、吳、越等諸侯國的歷史。

○○四——知識廣博的小王粲

王粲是東漢末年著名的文學家，在「建安七子」中成就最高。

王粲出身名門，卻沒有貴公子的驕縱之氣。他從小喜歡讀書，好辭章、喜音樂，因博識強記被稱為「奇才」。

有一天，王粲與夥伴們在公園看見一塊碑文，密密麻麻記載著園林的構造。王粲見碑文寫得不錯，就大聲朗讀起來。一個小夥伴突然說：「王粲，人人都說你聰明，今天我要考考你，你能把剛看過的碑文背一遍嗎？」

「這個……」

「哈哈，不行吧？那麼多文字，誰能看一遍就記住呀！」大家起哄似地笑起來。

「我是說『這個有何難！』你們聽好了！」

王粲轉過身去，一字不差地把碑文背了下來。夥伴們嚇呆了，不敢相信自己的耳朵和眼睛，一個個都發出嘖嘖讚歎。

讓人稱奇的是，王粲不僅對文字敏感，對棋藝也很精通。

有一次，樹蔭下有人對弈，王粲也受到吸引放緩了腳步。就在這個時候，不知是誰碰翻了棋盤，導致棋子脫落。對弈者又急又氣，爭得面紅耳赤，幾乎拳腳相加。王粲忙上前勸慰，說：「不要著急，我可以幫你們回復棋盤。」

「這上百個棋子，你才看了一眼，就能復原？準是在吹牛！」

王粲也不爭辯，不慌不忙地伸出手去，將零亂的棋子準確無誤地放回了原處。眾人一陣驚歎，無不被他超凡的記憶折服。

由於王粲才華卓著，與當時五十九歲的文壇領袖、左中郎蔡邕成了忘年之交。兩人的初次見面，演繹出一幕感人的場面。

那一天，地位顯赫的蔡邕正在家中款待賓朋。眾人把酒言歡，熱鬧非凡。一個侍從進來在蔡邕耳邊細語一番，他立即起身往外急跑，連鞋子都穿倒了。賓客們見蔡邕如此失態，以為是身分尊貴的客人來訪，頓時也凝神靜氣，翹首期盼。

過了一會兒，蔡邕手牽一個十幾歲的布衣少年返回，鄭重介紹：「這是小天才王粲，論辭賦，我不及他啊！」

從此以後，王粲的名聲就更大了。

【成功心語】

對很多人來說，會認為王粲的過目不忘來自天賦異稟，是老天對他的厚愛。事實上，只要找對方法勤勞努力，不論多麼困難的學問或技藝，尋常人也可以創造出類似的奇跡。

【字詞注釋】

蔡邕（ㄘㄞˋ ㄩㄥ）

【釋義】：蔡邕是東漢時期的文學家、書法家，漢獻帝時為左中郎，所以後人也稱他為「蔡中郎」。

〇〇五——詠鵝天才詩童駱賓王

駱賓王是唐代著名文學家，為「初唐四傑」之一，因七歲創作《詠鵝》而名垂千古。五、六歲的小駱賓王受到家學影響，從小飽讀詩書，指物賦詩、出口成詩，被稱做「詩童」。

駱家門前有個小池塘，是小夥伴們自由玩耍的樂園。這一天，河水清清，綠波蕩漾，幾隻大白鵝曲伸著優美的長頸正在嬉水覓食。它們歡快地游來游去，就像一團團天上的雲朵在水面漂浮。紅紅的腳掌像小槳，水面擴散出扇形的漣漪。一隻鵝突然昂首長叫，其餘的鵝也此起彼伏。

「多美妙呀！」喜歡大白鵝的小駱賓王停止了嬉戲，凝視著鵝群，脫口吟出：「鵝，鵝，鵝，曲項向天歌。白毛浮綠水，紅掌拔清波。」因為這首生動傳神的詩，駱賓王又被冠以「江南小神童」稱號。

駱賓王幼年就才華出眾，滿腔抱負，一心想要報效國家。當他發現現實與理想的差距過大，便毅然棄官，過著貧困落拓的流浪生活。他後來投奔徐敬業，參與了討伐武則天的鬥爭，寫下轟動一時的《討武檄文》。雖然起義失敗，但武則天在讀到這篇檄文後，十分欣賞讚歎他的才華，並指責宰相說：「錯過這麼一個出色的人才，你真是失職呀！」

駱賓王以孩童的純真無邪之心，描述出自然平實的優美畫面，進入了詩歌的最高境界。他善於觀察和總結的學習態度，值得所有人仿效。

【成功心語】

運用聰明才智，將最普通的十八個字變成了流傳千古的絕美詩篇，陪伴著千千萬萬孩子度過無憂的童年，這是駱賓王最偉大的貢獻。生活中從不缺少美，關鍵是善於觀察的眼和易於感動的心。

【字詞注釋】

檄（ㄒㄧˊ）文（ㄨㄣˊ）

【釋義】：古代寫在木簡上的官方文書，特指聲討的文告，據有很強烈的批評性。

【例句】：東漢末年，曹操寫了討伐董卓的檄文，希望各路諸侯支持自己。

〇〇六——李白鐵杵成針立恆志

李白是唐代最傑出的浪漫主義詩人，一生創作了大量華美詩篇，有「詩仙」美譽。傳說母親生李白時，曾經夢到了太白金星。人們都說他是天上的文曲星降世，將來一定有大作為。小李白果然天資聰穎，五歲誦六經，十歲通《詩經》。但盛譽太多的他恃才自傲，讀書不求甚解，總覺得自己不需要花費精力多鑽研，滿門心思都是嬉戲玩耍。

家人希望李白懂得堅持的重要性，對他講了許多道理，卻毫無作用，因此都非常苦惱。而李白仍繼續放任，成天我行我素。

有一天，李白又丟下書本，獨自來到了一條小溪旁遊玩。遠遠地，他就看見一個老嫗正在大石頭上磨著一根粗壯的大鐵棒。李白覺得很奇怪，跑上去詢問：「老奶奶，老奶奶，你在做什麼？」老嫗仿佛沒有聽到，依然全神貫注地做事。李白更納悶了，便提高嗓門說，老嫗這才轉過頭，十分認真地說：「我在磨一根繡花針！」

李白目瞪口呆，忙說：「用大鐵棒磨繡花針？怎麼可能呢？」老嫗看了他一眼，扭頭繼續工作，嘴裡卻念念有詞：「只要下的功夫深，沒有什麼不可能的事！」

愣了一會兒，固執的李白開始發表意見：「不可能！我不相信！」

老嫗停下手中的活，語重心長地說：「世上無難事，只怕有心人！鐵杵固然粗，但只要我天天磨，就一定會越磨越細，最後變成繡花針的！」

李白好像被什麼觸動了似的，一股奇特的感受湧了出來，頓時滿臉通紅。當他想和老嫗再說幾句話時，卻發現溪水邊空空蕩蕩，根本見不到任何一個人影。

「老奶奶到哪裡去了？難道是神仙？」回家的路上，李白一直在思考「只要功夫深，鐵杵磨成針」的道理，為自己平日做事淺嘗即止的態度羞愧。他從老嫗的執著中明白：「任何事情，都需要耐心、時間和毅力，如果不肯下功夫，就是最微小的事情都無法成功。」

「鐵杵成針」成為了李白的座右銘，老嫗在溪邊磨針的畫面永遠銘刻在他的心間，伴隨他成為一個偉大而勤奮的詩人。

【成功心語】

志向是一個人走遠路成大事過程中的最高指導原則，的確非常重要。當聰穎過人的小李白改掉浮躁的毛病，用執著和投入來對待生活與學習，還有什麼是不能實現的？

【字詞注釋】

鐵（ㄊㄧㄝˇ）杵（ㄔㄨˇ）成（ㄔㄥˊ）針（ㄓㄣ）

【釋義】：杵，棒。本意為將鐵棒磨成針，喻只要有毅力，肯下苦功，事情就能成功。

【例句】：只要一個人肯下決心，鐵杵成針不是幻想。

【詩詞欣賞】

下江陵

李白

朝辭白帝彩雲間，千里江陵一日還。
兩岸猿聲啼不住，輕舟已過萬重山。

【注釋】

1、白帝城：在今重慶市奉節縣東白帝山上。

2、江陵：故楚郢都。今湖北省江陵縣。

【釋文】

清晨從白帝城出發，一路航行在美麗動人的風光中，遙遠的江陵一日就到了。兩岸山上的猿猴十分自由，快樂的叫聲不絕於耳。眨眼間，小船就行過了一重又一重的青山。

【名著簡介】

1、《詩經》：中國最早的詩歌總集，收錄了從西周初期至春秋中期大約五百年間的三百零五篇詩歌，分為《風》、《雅》、《頌》三個部分，西漢時被尊為儒家經典。

2、六經：是《詩經》、《尚書》、《儀禮》、《樂經》、《周易》、《春秋》等六部經典的統稱。

〇〇七——李賀七歲賦佳作

李賀是唐朝最傑出的詩人之一，雖然僅二十六年的生命，卻留下二百四十二首詩篇，被稱為中唐「鬼仙」詩人。

咿呀學語時，小李賀就學會了讀書識字，兩三歲時就能誦詩背賦。受到勤學父親的影響，李賀還養成了手不釋卷，苦讀冥想的好習慣，七歲就能指物作詩，文采過人，被人們冠以「神童」稱號。

小李賀的詩文四處傳揚，文壇領袖韓愈也為之傾倒。當他無數次誦讀那文辭意境壯麗脫俗的詩篇，禁不住懷疑是否出自七歲孩子之手。一番思索，他決定帶著自己的學生，也就是當時著名的詩人皇甫湜，一同前去李府考察證實。

小李賀恭恭敬敬向兩位大人行禮，態度不卑不亢，這讓韓愈和皇甫湜心生愛意。但他們一點也不耽誤時間，提議請他當面賦詩一首。小李賀頑皮地大笑起來，直嚷：「我就知道你們是來考我的，我可不怕！」

韓愈有些不好意思，直奔主題說：「好機靈的孩子！請你以我們來訪為題，做一首詩，怎麼樣？」小李賀慢慢收起了笑容，點頭進入沉思。

一會兒功夫，他就旁若無人地揮毫寫下了《高軒過》：「華裾織翠青如蔥，金環壓轡搖玲瓏。馬蹄隱耳聲隆隆，入門下馬氣如虹。云是東京才子，文章鉅公。二十八宿羅心胸，九精照耀貫當中。殿前作賦聲摩空，筆補造化天無功。龐眉書客感秋蓬，誰知死草生華風。我今垂翅附冥鴻，他日不羞蛇作龍。」

韓愈見小李賀以《高軒過》點明朝廷命官坐高頭馬車來訪，語詞清新高雅，綺麗不群，既有對大人的讚譽，又有自己「附鴻做龍」的遠大目標，脫口大讚：「好詩！好詩！不愧為天下奇才！」

小李賀得到了韓愈的高度評價，卻並不因名聲顯赫而驕傲自滿，繼續保持勤學不倦的態度。他常在天不亮時騎著瘦馬出門采風，每到一處湧現絕妙詩句，就趕緊寫下放到隨身攜帶的舊行囊，晚上回家再做整理。日復一日，年復一年，李賀的詩文更加精巧絕倫，成為中國文學史上的奇才。

【成功心語】

對於李賀來說，不在眾人的壓力下失去靈性，也不在盛名之下虛度年華，保持著一顆安定和平穩的心，寫出來的詩篇自然保持了奪人的光華。

【詩詞欣賞】

七夕

李賀

別浦今朝暗，羅帷午夜愁。
鵲辭穿線月，花入曝衣樓。
天上分金鏡，人間望玉鉤。
錢塘蘇小小，更值一年秋。

【注釋】

1、七夕：農曆七月七日夜。相傳牛郎織女在這天相會於銀河。
2、別浦：水流分支的地方，特指牛郎和織女分別的銀河。
3、鵲辭：喜鵲告別月亮趕往銀河架橋。
4、曝衣：七夕有曬衣的習俗。
5、金鏡：比喻月亮。「分金鏡」指七夕的月亮沒有圓滿，好像半個鏡子，指牛郎織女不能相會。

6、玉鉤：比喻上弦月，時間在七夕之前。

7、錢塘蘇小小：南齊錢塘著名歌妓。

【釋文】

銀河在今天格外黯淡，幔帳重疊卻讓人更加發愁。喜鵲們趕往銀河去搭橋，人們在高高的樓上擺放等待晾曬的衣裙。天上的月亮還沒有圓滿，焦急的人兒在熱切仰望，期待著月圓時牛郎和織女可以重逢。就像那孤獨的蘇小小，讓有情人牽掛了整整一秋。

〇〇八——「居天下易」的白居易

白居易是我國文學史上負有盛名且影響深遠的唐代詩人和文學家，有「詩魔」和「詩王」之稱，其詩篇在中國、日本和朝鮮等國有著廣泛影響。白居易自幼就表現出極高的天賦，卻仍然刻苦勤學。傳說，由於長期習慣夜以繼日地讀寫，他竟然口舌生瘡、手肘長繭，讓人又敬又憐。

十六歲那年，白居易跟隨父親到徐州任職，進入京城長安開闊眼界。為了鍛鍊交際能力，白居易獨自帶著詩稿去拜見前輩，希望得到指教。他第一個求見的，就是京城中聲名最高的大詩人顧況。顧況擅長撰寫歌詞，詩文繪畫都有很高的成就。但他性格高傲，素來目下無塵，對一般凡夫俗子更是不肯周旋。

看著這個貌不驚人的瘦小孩子，顧況有些不屑一顧，隨口問道：「你叫什麼名字？」白居易一邊輕輕施禮，一邊恭敬地回答：「學生白居易，居住的居，容易的易。」顧況一聽，忍不住戲笑道：「哈哈，居易！居易！長安米價昂貴，恐怕你居住下來不會那麼容易啊！」白居易很不高興，知道對方是在用拆名篡義的修辭手法來取笑自己，但他使勁地克制著，依然恭敬地遞上作品請求指正。

當顧況翻閱到白居易的新作《吟芳草詩》時，頓時大吃一驚。他很喜歡裡面的「離離原上草，一歲一枯榮，野火燒不盡，春風吹又生」，甚至還脫口吟誦出來。顧況一改剛才的冷漠，熱情地拉住白居易的手，認真地問：「這確實是你這個十六歲的孩子創作的？」

「是的，請前輩指教。」白居易回答得異常肯定。「好啊！好！老夫寫不了這樣的詩。剛才我說你『居』長安不『易』，是說錯了！依你的才華，老夫現在說你『居』天下皆『易』呀！」顧況朗聲大笑，吩咐設宴款待白居易。二人從此結為莫逆之交，白居易果然成就非凡。

白居易一生創作三千多首詩歌，八百多篇散文，是唐朝最多產的詩人。其中《長恨歌》、《琵琶行》等，流傳最為廣泛。

【成功心語】

人生中有很多貴人，但並不是所有的貴人都會一開始就接納你。白居易不去做無意義的辯駁，帶著最能打動人心的作品尋求肯定，當然可以贏得幫助和尊重。

【詩詞欣賞】

長相思

白居易

汴水流，泗水流，流到瓜州古渡頭，吳山點點愁。
思悠悠，恨悠悠，恨到歸時方始休，明月人倚樓。

【注釋】

1、汴水：源於河南，東南流入安徽宿縣、泗縣，與泗水合流，入淮河。
2、泗水：源於山東曲阜，經徐州後，與汴水合流入淮河。
3、瓜州：在今江蘇省揚州市南面。
4、吳山：泛指江南群山。
5、悠悠：深長的意思。

【釋文】

汴水不斷地流，泗水不斷地流，流到瓜洲渡頭和長江匯合，然後一去不復返。江南的群山也因這淒苦的離別面帶哀愁。思念是那麼多，怨恨是那麼多，直到情人的回歸才能停止這強烈的感受。可是思念的人兒始終未到，只得在這月明之夜獨倚高樓，回憶往日的歡樂。

○○九——范仲淹劃粥勤學

范仲淹是北宋著名的文學家、政治家、軍事家，在代表作《岳陽樓記》中留下「先天下之憂而憂，後天下之樂而樂」的千古名句。

范仲淹兩歲時喪父，母親帶著他改嫁朱家。繼父很善良，用心地教他識字、讀書。才五、六歲時，他就能背幾百首詩，認幾千個字。七、八歲時，出口成章，吟詩寫文。等到他進入私塾學習，每次考試總是名列前茅。

為了重振范家門風，年僅十歲的范仲淹告別了生活條件優越的繼父，獨自回到了家鄉。因為經濟窘迫，范仲淹借住在一個寺廟的僧房裡學習。除了平日為寺院送些柴草以換取接濟，他把所有時間用在刻苦讀書中。

范仲淹每天煮一鍋稀粥，等它凝成粥凍後，用刀劃成四塊，早晚各取兩塊做主食，然後佐些切碎的鹹菜。寺院的住持發現了這個秘密，驚訝地問：「孩子呀，你不覺得苦嗎？」

范仲淹卻笑著回答：「不苦！只要有書讀，我覺得就是最快樂的事了！」

住持被他鍥而不捨的精神感動了，常常周濟米粥給他。

幾年過去了，范仲淹已經不滿足於所學的知識。為了尋求更大的發展和進步，范仲淹進入南都學舍攻讀。為了節省費用，范仲淹依然堅持「斷齏劃粥」的生活。南都學舍的公子為人慷慨，十分同情他的處境，叫人送去美味豐盛的食物。可范仲淹一再謝絕，實在推辭不了，才勉強收下。但他將東西放在原處不動，直到最後壞掉也不吃一口。

貴公子很生氣，質問說：「我誠心給你幫助，卻被你無情拒絕。難道吃了我的東西，就汙了你清正高潔的品行嗎？」

范仲淹忙鞠躬致謝，解釋說：「你的厚意我心領了！只是我多年來已習慣了粗茶淡飯的生活，害怕一旦享受佳餚美味，將來就吃不了苦！」

貴公子恍然大悟，連忙道歉。

就這樣，自強不息的范仲淹終於成為博學多才的大學問家和一代名臣。

【成功心語】

堅持是人生一種高遠的境界。范仲淹為了能夠謹守自己的良好習慣，依靠超人的意志力，抗拒外界誘惑，這實在是非常難能可貴！

【字詞注釋】

◆ 斷齏劃粥（ㄉㄨㄢˋ ㄐㄧ ㄏㄨㄚˋ ㄓㄡ）

【釋義】：斷：切斷。齏：醬菜或醃菜之類。指食物粗簡微薄，比喻不怕艱苦，堅持勤奮求學。

【例句】：幼年的范仲淹，曾經過著斷齏劃粥的生活，卻絕不放棄任何一次學習機會。

【名著簡介】

《岳陽樓記》：為重修湖南岳陽西北巴丘山下的岳陽樓，北宋范仲淹應朋友之約寫下千古名文。通過對岳陽樓周圍景象的描寫，表達出作者「不以物喜，不以己悲」的寬闊胸襟，以及「先天下之憂而憂，後天下之樂而樂」的政治抱負。

〇一〇——王獻之依缸習字

王獻之是東晉著名的書法家王羲之的第七個兒子，深得雙親鍾愛。

有一天，兄弟七人在書房練字。王羲之悄悄從後面用力拔他們的筆管，只有王獻之的筆還穩穩地握在手中。回到臥室，王羲之很感慨地告訴妻子：「小兒握筆不懈，運筆有力，如果就這樣苦練幾年，將來一定能寫一手好字！」這話被王獻之聽到，頓時沾沾自喜起來，練字也沒以前用心了。

王家門前有十八口為旱期蓄水預備的大缸，又深又陡，孩子們很喜歡利用它們玩。這一天，王獻之正在習字，忽然聽到哥哥們在門外邀約捉迷藏。他心慌意亂起來，把「大」字草草收筆，呼叫著衝了出去。恰好父親進屋查看，與小野馬般撒歡的兒子撞了個滿懷。王獻之顧不得解釋，衝著父親鞠了一個躬，眨眼跑了。

王羲之進到房中，看見兒子倉促完工的「大」字，發出了一聲歎息。他覺得兒子太浮躁，很難有所作為，就隨手在「大」字下面點了一點。

傍晚時分，王獻之興沖沖地拿著習字冊給母親看。母親翻看了幾頁，臉上露出一些失望，說：「哎！隨父目染三千日，僅有一點像父親！」王獻之可高興了，拉著母親的手撒嬌說：「我哪點像父親？」母親指了指「太」字下的那點，說：「就這一點像！」

王獻之愣住了，自言自語地說：「可是，這一點不是我寫的呀！」王羲之在一旁哈哈大笑起來，衝著妻子說：「夫人厲害啊！那一點是我加上去的！」

王獻之漲紅了小臉，低聲嘀咕：「我現在當然不能和父親相比！要是再練個三年五年，應該就有希望了吧！」母親沒有說話，卻堅定地搖著頭。這讓王獻之更加沮喪，噘起小嘴抱怨起來：「總不能練一輩子也沒有希望吧？」

王羲之站了起來，用手摸著兒子的頭，緩緩地說：「孩子，習字可不像你想像的那麼簡單！依我多年書法的經驗，只要寫完家門前那十八缸水，你的字才有骨架！除此以外，沒有任何捷徑可走！」母親使勁地點頭，用充滿期待的眼光看著兒子。王獻之頓時恍然大悟，暗下決心要向父親看齊，甚至超越他。

從那以後，十八大缸的水成為王獻之最忠誠的夥伴。他寫完了一缸水，又寫完了一缸水，從不輟筆。十三歲那年，王獻之獨創了新書法「鐵畫銀鉤」，當之無愧地與父親一起嘯傲世界，被人們永遠傳頌。

【成功心語】

人生的路上沒有捷徑，只有用實實在在的努力才能一筆一劃將人生的軌跡畫得圓滿。王獻之能留下了永恆的軌跡，是因為他肯付出心血，奉獻出時間。

〇一一　王羲之吃墨

王羲之是東晉傑出的書法家，人稱「書聖」。

出身名門望族的王羲之四歲時開始練字，師從著名的女書法家衛夫人。衛夫人見他聰明、可愛、有悟性，又摯愛書法，將一生心血傾注在這個學生身上。衛夫人對他很嚴格，時常告誡說：「書法沒有捷徑，唯有勤學苦練。」

王羲之牢記師訓，把所有的精力都用在練字上。吃飯的時候，他會不由自主地拿起筷子，蘸著湯就寫；走路或者休息，與人聊天的時候，他也會情不自禁地用手指在身上劃，揣摩字的結構，領悟字的搭配……看他一幅癡迷的樣子，鄰居們都在背地裡偷笑。

一天中午，王羲之正在練字，家人幾次催促前去午餐，他都不肯放下筆墨，仍舊沉醉在書法的世界中。母親害怕兒子餓肚子，吩咐書童將他平日最喜歡的蒜泥和烙餅送到書房，讓他邊吃邊寫。

過了一會兒，母親進到書房去探望，只見王羲之滿嘴烏黑，左手抓著蘸滿墨的黑烙餅，右手握筆，還在認認真真地練字。「這個傻小子！」母親忍不住笑出聲來。王羲之聞訊抬頭，一邊往嘴裡塞著餅，一邊點頭誇獎說：「母親，這個蒜泥好香，好香！」

王夫人又好氣又好笑，指著他的嘴說：「你呀，難道不知道吃的都是墨嗎？」

王羲之這才低頭看了看自己蘸取的食盤，竟然是漆黑的墨水盤，頓時不好意思起來。原來呀，他在吃餅的時候，眼中看的是字，心中想的還是字，滿腦子裡都是字，連墨汁和蒜泥的滋味都分不清楚了。

經過長期的苦練，王羲之的書法日見長進，將衛夫人的字臨摹得唯妙唯肖。可衛夫人卻毫無表揚，提筆寫了一個「之」字。王羲之很驚訝，大叫：「好神奇啊，先生的字在閃光！它活起來了！」衛夫人輕聲說：「孩子呀，書法是有生命的！你很勤勞，模仿能力很強，但它卻沒有個性。如果想讓字活起來，必須悟出自己的特點，讓生命在字的筆劃中呈現！」

聽了先生的教導，王羲之開始動腦子，四處尋找「字」的生命。他在溪水旁發現戲水的白鵝，姿態優雅高貴，輕巧的長脖彎曲靈活。他緊鎖的雙眉伸展開來，自言自語道：「書法的變化多端，如同游禽，同體不同形。」

從那以後，王羲之拜鵝為師，每天觀察鵝的形態，逐步創立出自己的風格。他的那一篇被稱為「天下第一行書」的《蘭亭序》中，有二十多個形態各異的「之」字，就是得到鵝的啟示而創造的。

看著王羲之聞名遐邇，衛夫人無限感歎地說：「現在呀，青已勝於藍了！」

【成功心語】

做任何事，只要肯用心、願努力，總會得到一定的回報。小小王羲之不但能下苦功，更善於思考，終於找到自己的風格並發揚光大，在書法藝術上贏得一席之地。

【字詞注釋】

蘸 ㄓㄢˋ

【釋義】：在汁液或粉液末裡沾一下就拿出來。

【例句】：如果將熱呼呼的饅頭蘸上芝麻醬，那味道就更香了！

【名著簡介】

《蘭亭序》：東晉大書法家王羲之的手稿，記敘了蘭亭周圍山水之美和聚會的歡樂之情，被冠以「天下第一行書」。

〇一二──自學成才的王冕

王冕是元末著名的畫家、詩人，在畫壇和文壇上占一定地位。

家境貧寒的王冕自幼熱愛讀書，放牛時總要偷跑到學堂邊，駐足張望。先生見他聰穎好學，破例讓他隨時進入課堂，還把一些書籍送給他。但好景不長，因為想讀書而開小差丟了牛，王冕遭到家人責備，同時也失去了這個良好的機會。

王冕不甘心，時時刻刻尋找新的學習場所。在離家兩里外的寺廟，王冕意外發現有盞晝夜都不熄滅的長明燈。每當夜深人靜時，王冕就爬到菩薩的膝蓋上，利用僅有的書本，如饑似渴地自學積累知識。

盛夏，牛兒走進池塘消暑，王冕坐在岸邊守護。荷花搖曳生姿，荷葉碧綠茂密，滾動的露珠晶瑩剔透，散發出七彩的光輝。王冕太愛這樣的美景，想要把它變成一幅永不消失的圖畫。可是，王冕並不會畫畫。更糟糕的是，他不僅毫無美術功底，連顏料紙張都無法購買。但王冕十分好勝，悄悄鼓勵自己：「天下沒有學不會的事！我沒進學堂，現在也能認很多字！只要想畫，我一定可以把美留住！」

剛開始，王冕總是用樹枝在沙地上反覆畫，一遍又一遍。漸漸花草畫得有些模樣，他就省下吃飯的錢，嘗試著買了一點顏料和紙張，小心翼翼地將成熟的作品畫下來。幾年過去了，王冕終於畫出了生動清新的荷花圖。

有了成功的經驗，王冕不僅畫荷，還畫那些奔走的牛羊雞狗。

一個學畫者看了王冕的夏牛圖，感歎地說：「畫畫是需要天賦的，我畫牛三天還不成形，可你瞬間生成，活靈活現呀！」王冕聽後，笑了笑說：「什麼是天賦？你看我一揮而就，可知道我與牛朝夕相伴幾年？它的坐臥，反芻和打鬥，我都瞭若指掌。牛的摸樣印在我心中，不知畫了幾千遍了。沒有心中的幾萬頭牛，哪有我今天的這頭牛呀？」

王冕的一番話，贏得了眾人的讚歎。大家都說：「皇天不負有心人啊！」

【成功心語】

一個放牛娃靠自學成才，源自他對知識的追求和不畏艱辛的刻苦勤學。王冕不是天才，更缺乏足夠的支持和援助，但他竟然成功了。這不是偶然！他不去計較外在的阻擾和困難，找各種機會嘗試學習，才讓自己的繪畫進入了一個嶄新的境界。

〇一三——韓幹以馬為師

韓幹是唐朝著名的畫馬大師，有傳世佳作《牧馬圖》、《照夜白圖》等。

依照韓幹展露出來的技巧才華，很多人猜測，他家裡的條件一定很好，接受了系統而專業的訓練。而實際上呢？韓幹是一個窮苦的放牛娃，因為自幼懷抱畫出好作品的夢想，整天用樹枝在泥地上畫。他見到什麼有趣，就趕緊畫下來。天長日久，他的繪畫雖然幼稚，卻別有風格，贏得了眾人的諸多讚賞。

隨著繪畫技藝更好，韓幹進入金記酒店當了個小夥計，想積攢工錢正式拜師學習。每日裡，酒店的過客和駿馬雲集，韓幹靈機一動，決定從最熟悉的地方入手，培養出自己最擅長的繪畫主題。他細心觀察馬的形態，每日在腦海、地面、手掌上勾畫，寥寥幾筆，就能描繪出一匹駿朗生動的良馬形象，引得圍客讚歎不已。

一天，韓幹奉命去給詩人王維送酒。剛到巷口，他看到樹上栓著一匹雄健的高頭大馬，長長的鬃毛，毛皮黝黑發亮，不時昂首嘶鳴。韓幹喜愛駿馬的豪邁，忍不住放下手中的酒罈，隨手拿起石子，在地上聚精會神地勾畫起來。就在眾人駐足觀看他的作品時，有個無賴悄悄偷走了那罈酒。就在這個時候，王維出現在韓幹面前，對他大加肯定。而韓幹在驚喜之餘突然想起使命，發現酒已經不翼而飛，頓時急得嗚嗚哭起來。

王維早就聽說這個韓幹的大名，一邊安慰他沒有關係，一邊關切地問：「孩子，你真的喜歡畫馬嗎？我或許可以幫助你呢！」韓幹顧不得多說什麼，使勁地點頭，臉上流露出最真切的盼望。王維微微一笑，提出：「你可以去京城最著名的宮廷畫師曹霸那裡學習，跟著他，你一定會聲名大振！」韓幹非常惶惑地低下頭，喃喃道：「可是，我沒有那麼多錢去拜師呢！」王維拍了拍他的肩頭，爽朗地說：「這個不難！我每年資助你二萬錢，專門學畫。」韓幹忙跪下叩謝。

有了王維的賞識和資助，韓幹終於拜名師曹霸名下學畫。他的先生曹霸雖然威嚴，對他卻是因材施教，並不局限於傳統的線條訓練，反而讓他做了府中的馴馬夫。曹霸的目的很單純，就是要韓幹在與馬的接觸中理解情致和風格。韓幹果然不怕辛苦，朝夕與駿馬陪伴，對馬的神形和習性，簡直是瞭若指掌。

幾個月後，韓幹雖然沒有在紙上畫過一匹馬，但心中卻早已是萬馬奔騰。他在先生的指導下，不去呆板地模仿名家，而是將自己領悟出馬的精神表現出來，那靜態的、動態的馬，成為他的另一位先生。幾年以後，韓幹成為享譽京都的畫馬大師，其作品藝術成就，不是一般畫者可以達到的。

【成功心語】

每個人都有一個最初的夢想。夢有多大，你的人生舞臺就有多大。只要你勤奮、執著，平凡的人也能演繹最精彩的人生！

〇一四——唐寅「撞門」悟藝

唐寅又叫唐伯虎，是明朝著名的書畫家，江南「四大才子」之一。八歲的唐伯虎跟隨著名畫家周臣學畫，山水、人物都栩栩如生。隨著唐伯虎技藝日趨完善，周臣覺得自己再也無法勝任。而唐伯虎也希望得到更大發展，決心再投名師深造，際遇巧合之下，他投入吳門畫派創始人沈周門下。

二次拜師後，唐伯虎的繪畫技能得到了迅速提昇，唐伯虎認為自己沒有什麼可以再學的，急欲離開師門出去大展宏圖。這天晚上，他將唐伯虎帶到一間小屋，裡面有一桌豐盛的酒菜。這個屋子不大，卻有四扇門。等到杯盤碗盞乾淨，沈周突然說：「孩子呀，為師沒有什麼本事可以教你了，你現在就可以回家了！」唐伯虎立即起身敬禮，準備回房收拾行裝。

唐伯虎走向一扇門，頭被狠狠撞了一下。他穩住趔趄的腳步，忙忙走向另一扇門，結果還是狠狠一撞。緊接著，他在第三扇和第四扇門前，依然遭到狠狠一撞。原來四扇門都是畫上去的。唐伯虎恍然大悟！他羞愧地跪在先生面前，誠懇地說：「學生知錯了！我要再跟著你學三年！」

【成功心語】

天賦如同自然花木，要用不間斷的學習來修剪和澆灌。任何一門技藝，都是學無止境。只有不斷求索，才會不斷進步，收穫豐碩的果實。

【字詞注釋】

鱖（ㄍㄨㄟˋ）魚（ㄩˊ）

【釋義】：一種生活在淡水中的魚，味鮮美，屬於中國特產。也被稱作「桂魚」，或「花鯽魚」。

趔（ㄌㄧㄝˋ）趄（ㄐㄩ）

「釋義」：身體歪斜不穩的樣子。

「例句」：地面太滑了，一不小心就會讓人趔趄。

○一五——好問多知的沈括

沈括是北宋傑出的政治家和科學家，堪稱「中國古代科學史上的座標」。

因為父親任職於不同地區，沈括有機會南遷北往，視野更加廣闊。他自幼閱讀了大量圖書，家中的藏書不到十四歲就全部覽盡。他尤其喜歡天文、地理、兵法、醫藥等方面的知識，但是絕對不盲從，敢於糾正權威的錯誤，提出自己的見解。

東海邊上，小沈括看見一個大如簸箕的貝類動物，模樣很稀奇，就去求教。漁夫們說：「這個是車渠，平時很難見到！」沈括很驚訝，他清楚記得，東漢經學家鄭玄在經書解釋「車渠」是「車輪的外圈」。經過反覆地查證，沈括肯定地告訴大家，說：「經書說錯了!車渠是一種貝類！」

十歲的沈括在河邊玩耍，看到魚鷹總能準確地下水捕魚、返船交魚，覺得很奇怪。漁民收網上岸了，他跟上去提出疑惑：「魚鷹為什麼願意為你們效勞呢?捕到魚，它們為什麼不吃，反而要吐出來呢?」

漁夫們喜歡這個好學的孩子，紛紛說明自己的解釋。而沈括也在眾多答案中明白，魚鷹捕魚是天性，吐魚是馴服的結果。

無論到哪裡，沈括都愛觀察，希望從生活中學到知識。

春末的一天，沈括讀到白居易的詩《大林寺桃花》，被裡面的「人間四月芳菲盡，山寺桃花始盛開」所吸引，自言自語地說：「為什麼山下的桃花都凋謝了，而山寺的桃花卻剛剛開放呢？」

他翻閱了很多書籍，都找不到答案。因為有了這個小困擾，沈括茶飯不香，決定要去山上探個究竟。

約了幾個小夥伴，小沈括帶隊來到山頂，果然是桃花朵朵綻放，開得熱烈而茂盛。沈括感歎詩人觀察的細微，但依然迷惑出現這樣結果的理由。

突然，一陣山風吹過，大夥兒感到了擋不住的寒意，忍不住大喊「好冷啊」。小沈括也在瑟瑟發抖中恍然大悟，認真地告訴同伴：「我明白了！山上地勢較高，相對氣溫就低。所以山上春意料峭，山下春光和煦。山上桃花因溫差才延期開放。」

憑藉永不窮盡的好奇心，沈括孜孜不倦地研究著那些看似尋常的現象，在晚年寫下《夢溪筆談》，成為中外科學史上一部罕見的百科全書。

【成功心語】

嚴謹的科學態度是成功的基礎。沈括不僅勤學、刻苦，更喜歡獨立思考，喜歡刨根問底，這樣才能獲得真知識，擁有更大的提昇！

【名著簡介】

《夢溪筆談》：北宋著名科學家、政治家沈括編寫的科學著作，有二十二種一百五十五卷，詳細記載科學的卓越貢獻和沈括自己的研究成果，總結了中國古代主要是北宋時期的科技成就，被現代人譽為「中國科學史上的座標」。

〇一六——數星星的張衡

張衡是東漢時期偉大的科學家和文學家，其成就被永久地載入了世界科技的史冊。

張衡十歲讀完《四書》、《五經》，對自然科學和文學特別喜愛。因為樂於觀察，愛動腦子，他的世界裡總裝著問不完的問題。從牙牙學語開始，他就愛數天上的星星，似乎永不厭倦。人人常常笑他傻，說：「星星那麼多，又一閃一閃地亂動，你怎麼能數得清？」而小張衡卻不同意，認真地回答：「星星是在動，可不像你說的那樣在亂動。星與星之間的距離那麼遠，只要我能看得見，就一定能數得清。」

爺爺喜歡小張衡的執著，鼓勵孫子用良好的方法觀察。他說：「好孩子，星可以一個一個地數，也可一群一群地記。那連在一起的像小勺一樣的七顆星，叫『北斗星』。離北斗星不遠的那顆星，叫『北極星』。記住了，北斗星總是圍繞著北極星轉。」

「噢，這個就是物換星移吧？」

「你說得有一定道理！但是……」爺爺很謹慎，不敢冒然答覆「也不完全對！北斗星會隨著四季的變化翻筋斗。」

「我知道！古詩集中就說，斗柄朝東，天下皆春；斗柄朝南，天下皆夏；斗柄朝西，天下皆秋；斗柄朝北，天下皆冬。」

「對呀，古人很早就觀察到了北斗星所指方位和季節變化的內在聯繫，你也可以通過觀察，總結萬物相互存在的奧秘！」

聽了爺爺的話，小張衡怎麼也睡不著覺。他立即鋪開紙張和筆墨，按照詩的描寫，繪製出七星北斗與四季夜晚的關係圖。小張衡說：「以後，我就要靠這個來看星星了！」

無數個夜晚，小張衡都要爬起來，默默地觀看星斗。很多年過去了，他在持之以恆的計數中，發現中原地區的實際星數是二千五百多顆。這個千年前的答案，竟然與現代科學的論證基本相符，不得不讓我們佩服不已。

成人後的張衡製造了世界上第一架利用水力轉動，可以較準確觀測天象的渾天儀，還發明舉世聞名的地動儀，為世界科學技術的發展做出了傑出的貢獻。

【成功心語】

興趣是最好的老師，小張衡不顧寒冷和疲憊，癡癡地張望那漫天星辰的夜空，未來已經在他心靈刻下了深深的印記，幫著他繼續走下去，走出一個精彩輝煌的光景。

○一七——愛動腦筋的畢昇

畢昇是中國著名的發明家，北宋活字印刷術的發明者。

畢昇家境貧寒，因無法進入學堂深造，他就在門外窗戶下偷聽，讓那些無形的知識成為永久的記憶。集市中的「萬卷堂書坊」裡，有一個技藝精湛的「神刀王」，雕刻出來的字、畫都非常出色。畢昇很喜歡這門技藝，常常跑去打量揣摩。父親發現兒子沉迷於此，便想讓他拜為「神刀王」門下，學一門可以餬口謀生的好手藝。「神刀王」的脾氣很怪，本不會輕易收徒。但他見畢昇聰明靈巧，禁不住有些欣賞，破格收下了這個鄉村孩子。

畢昇勤學苦練，常在不懈地刻劃中度過漫長黑夜，毫無怨言。在師傅的幫助下，他很快就掌握了雕刻精要，成為一個合格的好幫手。

在長期的雕刻中，畢昇苦苦思索著如何克服印刷的最大問題。要知道，儘管雕版印刷比過去抄書進步了許多，但每印一本書，都要重新雕一次版。一旦某頁出現一點點瑕疵，整版都報廢，需要全部進行修補。

一天夜晚，畢昇正在聚精會神地趕工。由於過度疲倦，他稍微打了一個盹。就在他努力睜開眼睛的時候，突然在模糊中感覺雕版上的字在晃，仿佛一個個動起來了。畢昇猛吸一口氣，心裡湧出一種很奇特的感受。「為什麼非要把所有字雕刻在一整塊版上，而不讓它們自己『活』起來呢？」這個時候，關於活版的想法僅限於不清晰的構想，畢昇還沒有找到具體而合理的方式來實現，「但是，一定會有辦法的！」

黃昏時分，畢昇經過一個刻章攤，看到一枚枚印章整齊地擺放在一起，像訓練有素的士兵在演練。畢昇的腦子裡突然浮現出雕版上的那一個個字模，一個逐漸開始明朗的圖像呈現出來——如同刻圖章一樣，把需要用的字一個個排列在一起。一旦哪個字出現紕漏，也不會牽累其他字樣，各自獨立而安全地被運用。

「可是，這些小圖章用什麼製作呢？」畢昇又限入了沉思。一連很多天，畢昇都陷入冥思苦想。他借鑒前人的經驗，用泥膠做成一個又一個的活字，利用其不吸水、不變形的特點，完成了第一批字的鑄造。為了更好的運用這些「活字」，他又採取了有效的分類，按照需要鑄燒常用字和生僻字，還用合理的方式進行儲存。

在不斷的探索和實踐中，畢昇終於成功推出活字印刷術。人們只需雕製一副活字，則可排印任何書籍，比歐洲的印刷術早了四百年，為推動中國乃至整個世界文化的發展做出了不可磨滅的貢獻。

【成功心語】

畢昇雖一介平民，地位卑微，卻成為了重大影響的偉人。生活中的每件事，都蘊藏無限的啟示和教益。只要留心觀察，細心鑽研，再加上大膽創新，就是尋常普通人，也可以進入大發明家的行列。

〇一八──徐光啟巧摘「沖天心」

徐光啟是明末傑出的科學家、農學家，也是近代科學的先驅之一。

徐光啟自幼接受「苦讀勤耕，克承先業」的祖訓，學習十分刻苦。一篇文章到手，他先手抄一遍，然後是朗讀幾遍，最後燒掉。然後再抄，再讀，再燒，反覆多遍，直到文章爛熟於心。而當別的孩子還懵懂無知的迷戀玩耍，徐光啟就已經立下遠大的志向。

先生曾在課堂提問：「你們認為，誰是世上最偉大的人？」孩子們爭先恐後地搶答著，有的說「皇帝」，有的說「大將軍」，有的說「醫生」……只有徐光啟與眾不同，堅定地回答：「我覺得農夫最偉大！」

大家都很驚訝，連先生都面露不解。

「一個國家的根本是農業，沒有農夫的供應，人們連衣食都不足，生活就沒有什麼幸福可言！所以，農夫是最偉大的，也是最辛苦的！」徐光啟自然而流暢地說出了自己的見解，贏得了同伴和先生的一致好評。

一天清早，不到十歲的徐光啟進入自家的棉田，津津有味地觀看著棉秧。他時而低頭思考，時而歪頭竊笑，然後伸手出去，掐掉棉花枝上的一個個嫩芽。父親正好路過，見狀非常著急，連忙阻止說：「你這個孩子！還不助手！這叫『沖天心』，是好端端的嫩芽，你怎麼跑去毀掉它們？它們招惹你了嗎？」

小光啟忙解釋說：「爹爹，我沒有幹壞事啊！現在已經立秋，這些『沖天心』看似肥嫩，卻毫無用處，只會白白吸收養分。它們即使可以再開花，也不會結出棉花的。摘除它們，是為下面快成熟的蕾鈴著想，讓它們有足夠的營養，生長更好，棉田才能夠豐收呀！」

父親一聽愣了，覺得兒子的話有幾分道理。但是，他還是有一些疑惑，提出：「祖祖輩輩都沒這樣做過，你怎麼保證這個做法正確呢？」小光啟見父親並不固執，便樂呵呵地說：「如果你相信我，肯拿一半棉田做試驗，那結果不是自然就會出來嗎？」父親想了想，答應了請求。

三個月過去了，棉田進入了收穫季節，果然出現兩種截然不同的景象，摘過「沖天心」的棉田遙遙領先，獲得了大豐收，多出幾成的收穫。父親高興極了，逢人就誇兒子聰明智慧，並將摘取「沖天心」的技術廣泛推廣，直到今日的農夫還在受益。徐光啟長大後，寫了一部偉大的農業科學著作《農政全書》，全面系統地記載了各種農作物的插栽技術和生長規律，被譽為「中國古代農業的百科全書」。

【成功心語】

徐光啟博采眾家，勤學好問，大膽實踐，對科學的熱愛，對知識的渴求，再加上不懈的努力，終在科學的領域取得了大的成就。

○一九——志在四方的徐霞客

徐霞客是中國明代傑出的地理學家、探險家和遊記文學家，雖出生官宦，卻對功名利祿不感興趣。他自幼聰明過人，特別愛看古今史籍、地理和遊記方面的書籍，萌發了遊覽五嶽、探索江河山川奧秘的偉大志向。

有一次，先生詢問弟子們的志願，大多數孩子希望成人後封官晉爵光宗耀祖，只有徐霞客沒有急於回答。他蘸滿墨汁，揮毫在紙上寫下了：

「州有九，涉其八，嶽有五，登其四」十二個剛勁有力的大字。

當先生請他解說自己的志願時，徐霞客昂起頭，大聲宣告：「好男兒志在四方，豈能像籬笆下的雞，車轅下的馬？我國山河遼闊，壯麗秀美，我一定要親自去遊覽考察，探索大自然的奧秘，那才是我最嚮往的世界。九州的土地，我一定要跋涉八州；五嶽的山峰，一定要攀登四座！有志向的人，應該朝見碧海，暮登蒼山！」

徐霞客的一番言語得到了滿堂喝彩，大家都相信，他的未來一定不簡單。

值得所有人讚賞的是，做事認真的徐霞客在邁向目標時，認真閱讀了當時的許多地理叢書，希望從中得到一些啟示和教益。也就是在這個時期，他驚訝地發現了書中的知識缺乏可信度，多數人習慣於轉抄最初的地理學著作，很少去考察更新，也就造成比比皆是的疏漏和錯誤，以至於以訛傳訛。

他決心做一個勘誤者，詳細記錄沿途所見所聞，讓人們看到一個真實而具體的地理原貌，糾正那些誤人子弟的謬論。

徐霞客的的家鄉瀕臨長江，他對長江源頭的思考由來已久。關於這個問題，經典地理著作《禹貢》明確記載為「岷江導江」，而後期的眾多資料也都是如此。但徐霞客不迷信權威，對「江短河長」的說法提出了異議，決定親自出去探尋這個源頭的真相。在他血汗交織的努力下，長江源頭被追溯到金沙江畔。

「前人的話不一定可信，前人的書也不一定完全正確！」

徐霞客在長期遊歷考察中，寫下了二百多萬字的偉大地理學巨著《徐霞客遊記》，讓世人領略了祖國壯麗山河的美。

【成功心語】

會說不如會做，理想需要付出行動，刻苦加上努力才能成就大事，徐霞客在幼年立下志願，便孜孜不倦地朝著這個方向去邁進，他用一生去實現自己的夢想，讀萬卷書，行萬裡路，飽嘗山河美，收盡天下奇。

【字詞注釋】

◈ 跋涉（ㄅㄚˊ ㄕㄜˋ）

【釋義】：跋：翻山越嶺。涉：徒步過河。翻山越嶺、徒步過河，形容旅途很艱苦。

【例句】：經過一路跋涉，我們終於抵達了目的地。

【名著簡介】

1、《禹貢》：中國古代最早的一部具有極高科學價值的地理著作，成書時間不確定，但主要內容成於西周，在古地理學中享有崇高的地位。

2、《徐霞客遊記》：由明末徐弘祖編寫的以日記體為主的中國地理名著，記載了作者三十四年來對地理、水文、地質、植物等現象的觀察記錄，在地理學和文學上有卓嘉的成就。

○二○——處處用心的小魯班

魯班是春秋時期的能工巧匠，一生有著無數神奇傳說。

世代工匠出身的他，常跟著家人參加土木建造工程。但幼年的他卻格外頑皮，尤其愛陶醉於自己獨創的遊戲。當別的孩子忙於在新建的房屋玩沙子，捉迷藏，他卻蹲在房樑下靜靜觀察房屋的結構，還不時地扳著指頭數一間房的山牆、門窗和椽子的數目，津津樂道於房屋的結構。

小魯班每想到一個點子，就用行動把它變成現實。他將樹枝、木條修整，設計搭建成一棟棟漂亮的房屋，然後拆了又搭，搭了又拆，不斷變換格局和外觀。他將石塊搭建成橋樑，或在木板上雕刻花草……他常常累得滿頭大汗，甚至忘記回家吃飯。

十二歲那年，魯班進入終南山，想向一位技藝高超的木匠先生學藝。

老人性格孤僻，並不樂意隨便收留弟子，冷冷地拒絕了他。魯班沒有負氣離開，而是悄悄地留了下來。每天晚上，他來到師傅居住的茅屋前，悄悄地將那些生銹的工具拿去打磨。

七個夜晚過去了，已經被荒廢的工具又恢復了風采，變得又漂亮又鋒利。老人被魯班的執著打動，又考驗了他一些基本的木匠知識，終於答應讓他留下。

整整三年，老人毫無保留地教，魯班竭盡全力地學。魯班沒有辜負師傅的厚望，利用自己的聰明才智，幫助人們做了很多好事。

為了方便腿腳不便的老人出門，魯班設計了一輛木製的車。車內裝有木製搖把，只要搖把一轉，就驅動車子前行。不斷搖動搖把，車就不停地前進。

看到同行為了劈開板材，使用的工具又笨又重，魯班決心進行改進。在伐木的時候，魯班的手指被一種小草劃破，這讓他非常驚訝，開始尋找「元兇」。當他看到那一片片柔嫩的邊緣有細齒狀的小草，轉身又看到一隻螳螂張開大板牙撕殺獵物時，立刻被那些凸凹不平的小齒吸引。回家以後，他反覆研究試驗，最終發明鋸子。繼而又發明鉋子、曲尺等木工工具，人們使用起來既快捷又省力。

魯班陸續發明了船櫓、會飛的木鳶，登城的雲梯和用於水戰的鉤鋸，以及在石板上刻製九州地圖等，被木匠們尊為「開山祖師」，世世代代供奉。

【成功心語】

愛好是夢想的翅膀，是興趣持久發展的動力。魯班在玩耍中完善夢想，正是這種濃烈的興趣，和伴之而來的思索、追求，使他成為受人尊崇的木匠祖師。

【字詞注釋】

椽ㄔㄨㄢˊ

【釋義】：放在桁上架著屋頂的木條，起承重作用。

櫓ㄌㄨˇ

【釋義】：撥水使船前進的工具，放在船邊，比槳長，用於搖動水流。

○二一 華佗十歲拜師學藝

華佗是漢末著名的神醫，醫學史上最早使用全身麻醉的外科醫生。他家境貧苦，父母體弱多病，自幼萌生了為百姓治病的志向。六、七歲時，他跟隨堂伯上山採藥，逐漸掌握了許多中藥材的基本知識。

鎮上的藥店有個夏大夫，每次收到華佗送來的藥草，都樂意給他一些有效的指點。在夏大夫的推薦下，年僅十歲的華佗去京城拜名醫蔡大夫為師。蔡大夫醫術高明，招收徒弟也很挑剔，沒有資質的難以入選。

幾個孩子站在桑樹下，蔡大夫指了指樹端，說：「不准爬樹，誰能用手把那株最高的桑葚摘下來？」還沒有等大家反應過來，華佗已經找來一根長繩，頂上繫個石子。他用力一投，繩子穩穩套牢那枝桑條，順利完成任務。蔡醫生滿意地點點頭，讓他跟著自己進了房內。

轉眼一年過去了，蔡大夫叮囑華佗說：「你已跟我學了不少的藥理，現在到櫃檯前，跟著師兄學抓藥吧！」華佗順從地來到了藥房。

幾個師兄妒忌華佗受師傅的寵愛，就聯合排斥他。只要有機會，就堅決阻止他練習使用藥秤。華佗雖然焦急，又不想去告狀牽累同門受責罰，只好私下想辦法。

華佗也不爭辯，悄悄觀看著師兄們熟練地抓藥、秤量、包藥，對照師傅的藥方劑量，估量藥包的分量，然後默記在心。等到夜深人靜時，他偷偷上櫃練習用秤，反覆無數次。不知不覺中，他竟然練就了「一抓準」的本領。

幾個月後，蔡大夫來考察華佗抓藥的本領。只見他不慌不忙，用手一抓，然後快速包好。幾個師兄大聲嘀咕：「抓藥是人命關天的事，你怎麼可以如此兒戲？」蔡大夫聽到叫嚷，也面露懷疑。華佗忙解釋：「雖然沒過秤，但我的劑量一錢不差！請師傅馬上核實。」蔡大夫立即叫人一包一包秤量，果然精確無誤。想看華佗笑話的師兄們低下了頭，非常羞愧。

蔡大夫很高興，將自己的全部要領都傳授給了華佗。而華佗繼續潛心研究醫學，最終成為救民於苦海的神醫，被後人尊稱為外科祖師。

【成功心語】

每個人的成功之路都是不同的，有的人很幸運，可以遇到好老師好同伴好指點，有的人則總是遭遇排擠打擊和冷遇。華佗不在任何困難面前低頭，想方設法鍛鍊自己，讓磨練成為最好的老師，掌握了更為實際靈活的技巧和知識。

○二二 李時珍的天然草藥課堂

李時珍是中國明朝卓越的藥物學家，也是當時最偉大的科學家之一。他的祖父是走街串巷的「鈴醫」，有著十分豐富的行醫經驗，留下了不少「秘方」。父親十分注重醫藥學的實踐，對草藥很有研究，是當地有名望的醫生和藥物學者。受到家學的影響，李時珍從小立志做一名救死扶傷的醫生，為民解憂。

李時珍體弱多病，卻聰穎好學，尤其愛讀博物學和醫學方面的書籍。雖然父親希望兒子可以做官榮耀門庭，但李時珍卻只在意草藥和方子，一意行走在選擇的道路上。

因為興趣的緣故，李時珍非常熟悉家中大院和野外的各種花草。在這個天然的大藥庫裡，他瞭解許多的植物朋友，儼然就是一個揮灑自如的小先生，同伴們都非常佩服知識淵博的李時珍。

李時珍不但向山學，還常常跟著漁民求教水中動物與藥的關係。在他津津有味的探尋中，瞭解到很多魚類也能入藥，大自然中的藥引無處不在。

李時珍利用各種機會虛心學習，總結前人和自己的經驗，用二十六年的時間寫出了影響後世的巨著《本草綱目》，被尊奉為「東方醫學巨典」。

【成功心語】

醫學是李時珍畢生的樂趣所在和人生追求，他那一顆興趣的種子，在勤學專研的土壤中日漸成熟，最終結出了豐碩的果子。

【名著簡介】

1、《爾雅》：中國第一部解釋詞義的綜合性辭書，是疏通上古文獻中詞語古文的重要工具書，被認為是中國訓詁學的鼻祖。

2、《本草綱目》：明朝醫藥學家李時珍編寫的本草學著作，糾正修改了古代醫書的錯誤。共有五十二卷，記載藥物一千八百九十二種，醫方一萬一千零九十六個，以及一百六十幅精美的插圖。

〇二三——少年包拯巧斷啞案

包拯是我國北宋著名政治家，人稱「包青天」。包拯自幼勤學好問，有端正持重的天性。他從小立志做一名斷案如神、為民伸冤的清官。據說，包父與知縣交往甚密，常帶小包拯去縣府長見識，甚至還到公堂上看斷案。耳濡目染學會了不少的斷案知識。

有一天，他們在縣府遇到了一個啞巴告狀。

知縣不想麻煩，搖著頭說：「轟出去，不知哪裡的啞巴，無狀無訴，一次次地來，也問不出名堂，純粹是擾亂公堂。」包拯可憐啞巴淒苦無助，忙上前建議說：「老爺，請不妨問一問！」知縣一聽，哈哈大笑起來：「一個啞巴，既不開口，又不會寫字，怎麼問？」包拯很自信地說：「我能讓他開口！」在場的人都愣住了。知縣索性當一回撒手掌櫃，大聲宣佈：「好，今天這案就交給你審理，我倒要看看你怎叫啞巴開口！」

因為關係到可憐人的命運，包拯也不謙虛了。他將驚堂木一拍，吩咐將豬血塗在啞子的屁股上，然後放他在大街上走。包拯對著衙役說：「你們在後面緊跟，凡聽到有議論者，就叫過來問話。」

一群人帶著啞巴出去了，中途果然有人圍觀，還有一個老人發出感歎。衙役忙把老人喊來問話，才得知啞巴本有萬貫家產，但父母死後，兄長獨吞了家業，把他隻身趕了出來。啞巴到處喊冤，卻有口無法訴，整日流浪街頭。

包拯忙派人喊啞巴的哥哥問話。可他兄長一口咬定說：「啞巴只是家中餵豬的僕人，怎能和我平分家產呢？」知縣無奈，只好放了啞巴的哥哥。

「可不能讓他占便宜！」包拯氣憤哥哥的絕情，腦子裡冒出一個大膽的計畫。他悄悄對啞巴說：「你在街上追上哥哥，只管打，我幫你做主！」

啞巴滿腔憤怒，追上哥哥就是一頓痛打。

哥哥十分狼狽，拉著啞巴回到公堂討公道。包拯顯出一臉的無奈，說：「哎呀，要是啞巴真是你兄弟，那他罪不可恕；可要是常人，也只能做一般打架鬥毆處理了。」哥哥氣得哇哇直叫，脫口而出：「他就是我親兄弟，一奶同胞，竟敢犯上！」話音剛落，哥哥就臉色煞白，明白掉進了圈套。

就這樣，啞巴在包拯的幫助下贏得屬於自己的一半家產，人們無不稱快！

【成功心語】

觀察和思考是許多進取者成功的法寶，包拯在死局面前以毒攻毒，順利找出解決的方案，真的是獨具匠心啊！

○二四——岳飛搖樹習武

岳飛是南宋抗金名將，從小就立下報效祖國的雄心壯志。他天資聰慧，又非常好學，四歲隨父母讀書識字，六、七歲時苦讀史書兵法，記憶力強，尤其愛讀《左傳春秋》和《孫子兵法》。因為家貧，他以楊柳為筆，以沙為紙，燃禾為燈，留下了一段感人肺腑的苦讀史。

十歲那年，岳飛慕名投在「搬不動」門下習武。這位大師似乎不擅教人武功，卻要他到後山種滿樹。岳飛每天拿著鐵鍬、扁擔，山下挑水山上澆。兩個月後，小樹終於種滿前坡，可師傅仍不教任何武功。岳飛心裡直犯嘀咕：「我為報國來習武，可不是來學種樹的！」先生看出了他的心思，笑笑說：「功夫志中生，志在耐中磨！」

記下師傅的教誨，岳飛繼續刨土、澆水。又兩個月過去了，小樹種滿了後山坡。可師傅仍無教他幾招的打算。岳飛這下急了，直接請求說：「先生，我家有老母需要奉養，我想回家看看，你就傳授我武功吧！」

師傅很生氣，嚴厲地說：「功在苦中練，練功如建房，根基要穩當！我從不在沒有根基的地方建房。如果你想回去看母親，選擇中途而退，我也不阻攔。」

岳飛站在那裡發呆，好容易才領悟明白。他慚愧地說：「師傅，我明白了，要報國就要先捨家小！」師傅嚴肅的臉上露出了笑容，大歎：「孺子可教！」

轉眼到了寒冬，師傅喊來岳飛：「從明天起，把你山前、山後所種的三千六百棵樹，日出前全搖一遍，不准折斷，不准漏搖。」

第二天，岳飛早早地起床。他一絲不苟地遵從師命，在規定的時間內完成任務。後面的幾天，儘管肌肉痠疼，他卻咬緊牙關不敢偷懶。一周過後，他再也不覺兩臂酸痛了。十天之後，他搖完樹時還覺得全身輕鬆。

岳飛可高興了，請求師傅說：「我搖樹已經不感覺累了，該教我武功了吧！」師傅笑了笑，點點頭說：「你的功夫已經練成了，不用我再教你什麼了！磨練意志，增強體力，是習武的根基。有了這個根基，你就可以隨意建造想要的房屋了！」

師傅將他帶到一棵大樹前，說：「我七歲時栽下這棵樹，八十多年來，每天早上都搖它一百次，從不間斷！」師傅兩手抱住樹搖起來，樹葉沙沙作響，「回去後，不要忘記這搖樹的學問。只要持之以恆，任何事都能成功！」岳飛不由驚歎師傅的獨特教學，還有他的過人神力。

從那以後，岳飛每天堅持搖樹練功，後來又隨義父周同習武，練就一身好武功。他十九歲入軍，臨行前岳母背刺「精忠報國」，終於成為彪炳史冊的民族英雄。

【成功心語】

「莫等閒，白了少年頭，空悲切」，志向和成功之間是一個漫長的攀登過程。岳飛正因從小抱有這種信念，才不斷為目標而刻苦努力，豪情和勤奮激勵了一代又一代的年輕人。

【詩詞欣賞】

滿江紅　岳飛

怒髮衝冠，憑闌處，瀟瀟雨歇。抬望眼，仰天長嘯，壯懷激烈。三十功名塵與土，八千里路雲和月。莫等閒，白了少年頭，空悲切！

靖康恥，猶未雪；臣子恨，何時滅？駕長車，踏破賀蘭山缺。壯志饑餐胡虜肉，笑談渴飲匈奴血。待從頭，收拾舊山河，朝天闕！

【釋文】

我怒髮衝冠，獨自登高憑欄，驟急的風雨剛剛停歇。我抬頭遠望天空，一片壯闊遙遠。禁不住仰天長嘯，充滿了報國之心。三十多年的功名如同塵土，八千里經過多少風雲人生。好男兒，要抓緊時間為國建功立業，不要將青春白白消磨，等年老時後悔悲切。

靖康之變的恥辱，至今仍然沒有被洗雪。我作為國家臣子，滿腔憤恨何時才能消停？我要駕著戰車向賀蘭山進攻，將賀蘭山踏為平地。我躊躇滿志，發誓吃敵人的肉，喝敵人的鮮血。待我重新收復舊日山河，再帶著捷報向君王和民眾報告凱旋的好消息。

【名著簡介】

《孫子兵法》：春秋末年的齊人孫武編寫的中國古典軍事著作，是世界上最早的兵書之一，又名《孫武兵法》、《吳孫子兵法》、《孫子兵書》、《孫武兵書》等。

〇二五——陳平忍辱苦讀

陳平是西漢開國名臣，著名的政治家、謀略家，歷任三朝宰相。他幼年父母早亡，與哥嫂相依為命，日子清苦艱辛。但陳平秉承父訓，愛好讀書，希望將來能治國平天下。哥哥見他胸有志向，毅然承擔全部家務，靠耕種三十畝薄田供養弟弟讀書。陳平日夜苦讀，足不出戶，引起嫂子的憤怒和不滿，常常惡語相加。聽到有人讚賞陳平，嫂子立刻冷語諷刺：「整日裡遊手好閒，一肚子秕糠、青菜，有這樣的小叔子真是倒楣！」

陳平理解嫂子的委屈，雖屢招白眼，仍悄悄地隱忍下去。只要有空閒，他一定幫忙做活，柴劈成垛，缸添滿水，最後才拖著疲憊的身體苦讀不倦。

有一次，大嫂坐在院中嗑瓜子，從遠處跑來一隻狗。嫂子見狀，故意提高嗓門罵街：「呸！狗東西，看見你就來氣，我上輩子該你欠你的，要白白養活你！」陳平全當沒聽見，繼續埋頭讀書。可嫂嫂從不因陳平的忍讓而收斂，茶毒之心日增。儘管哥哥為此加以訓斥，可她的辱罵依舊變本加厲。

陳平不小心打碎了茶碗。嫂子滿院子追著小貓指桑罵槐。陳平忍不下去了，就與嫂子理論了幾句，然後收拾衣物書籍離開了家。出門在外的哥哥得知家中發生的一切，立即將陳平尋找回來。就因為齟齬難以平息，一向木訥的哥哥發了火，堅決要休掉潑辣的妻子。陳平不忍看哥哥中年修妻破家，不顧內心的萬千委屈，不斷為嫂子說好話。

嫂子看到小叔理解自己的苦處，她也羞愧地跪在陳平前面，懇請他回家。秦漢紛亂之際，陳平六出奇計，輔助劉邦成就一番大業，成為一代名相。

【成功心語】

不管什麼時候，人都要有志向和志氣，以及獨立的人格。陳平在屈辱的環境中仍能專心苦讀，不因貧窮和嫂子的厭惡而廢學，堅定信念，做到專心致志，最終贏得一片輝煌。

【字詞注釋】

◈ 垛（ㄉㄨㄛˋ）

【釋義】：建築物突出的部分。如：「城垛」、「門垛子」。

〇二六——魏源聞雞而眠

魏源是清代經學家、史學家、詩人，也是近代傑出的愛國主義啟蒙思想家。他從小沉默寡言，做事專注，所以得「默深」雅號。

七、八歲時，魏源進私塾學習。他很喜歡讀書，而且涉獵廣泛，詩歌、歷史、地理方面的書籍更為喜歡。每天，他的讀書量必須達到一定的標準才停止，一旦缺漏，就可能會徹夜不眠。先生喜歡他的勤苦，經常表揚這個不俗的學生，說：「誰有魏源的學習勁頭，誰將來就能成為大器。」

母親擔心兒子的健康，每日催促多遍。可他口中應著，眼睛卻不離開書本。母親無奈，只好強制性地把燈吹滅，逼著他入睡。魏源也不反抗，乖乖地聽話。等到母親離開了，他又悄悄點上燈，如癡如醉地進入書本的奇妙世界。

母親發現了他的秘密，心疼得哭泣起來。他一邊安慰母親，一邊調整作息，改為清晨早起讀書。在他老年詩篇中，可以看到這樣的詩句「少聞雞聲眠，老聞雞聲起」，這就是他學習過程中最真實的寫照。

九歲那年，魏源參加縣學考試。主考知縣輕視面前這個小孩，漫不經心地指指碗底的太極圖案，吟出上句「杯中含太極」，要求他作答。魏源略微思索，突然摸到懷中的兩個麥餅，脫口而出：「腹內孕乾坤」。知縣驚訝不已，讚歎他少小志高才出眾。

魏源十七歲進京深造，整日足不出戶，閉門讀書。他的案頭上總放著不同的書籍，上至經典，下至野史軼事，都有涉獵。

大學士湯金釗十分欣賞他的才識，希望他能給《大學》作注釋。魏源將自己關進書房五十多天，竭盡全力投入於注書中，以至蓬頭垢面。湯金釗接過注書，一讀便感慨萬千：「脈絡分明，見解精深，好文采啊！」

【成功心語】

魏源的勤奮好學是天生就有的，不是所有人都能效仿。但他最讓人讚歎的是，能夠不為外界的繁華誘惑，可以安心研究各類學問，才能在那麼短的時間裡成為博學家，寫出震驚世界的好作品。

【名著簡介】

《大學》：《禮記》中的一篇，傳說為曾子所作，總結了先秦儒家關於道德修養、道德作用及其與治國平天下的關係，為儒家基本經典之一。

○二七──羅綸人窮志高

羅綸是明朝有名的經學家。

羅綸年幼時，家境十分貧寒，常面臨斷炊的困境。但艱苦的生活卻激發他向上，磨練他的德才，從不因為貧窮而行為不端。

一天，五歲的羅綸隨母親到集市以葦席換米。途中又累又渴，在一棵棗樹下乘涼。一陣風刮過，熟透的紅棗紛紛落下，孩子們一窩蜂似地在亂搶果子。羅綸擦了一下臉上的汗珠，不停地咽著口水，卻絲毫不動。果樹的主人看到後，奇怪地問：「你為什麼不去拾棗？」

「棗樹上的果子是歸主人的，即便是落下來也有主人分配。若不經人允許，擅自拿別人的東西，那就叫偷。」羅綸很認真地回答。

「就一個棗，哪有那麼複雜？」主人繼續試問。

「不是自己的東西，再需要也不能隨便拿。從小拿人一個棗，長大偷人金元寶。」

果樹的主人很感動，一邊誇獎羅綸淳樸守禮，一邊親自捧出大紅的甜棗請他解渴。羅綸這才坦然地接過，大方地享用起來。

一些鄉人不理解他的志向，嘲笑說：「食不飽腹，飽讀詩書又有何用？」可是羅綸從不與人爭執，依然崇拜聖賢，注重自身修養，追求至高的人生境界。

一次，羅綸撿到了一個小包裹，裡面用一個藥方裹著一些碎銀。羅綸心想：「這一定是為病人抓藥，走得匆忙弄丟的，失主肯定會回來尋找的。」他坐在路邊苦等，直到天黑才物歸原主。丟失銀子的中年男子哭著給他敬禮，不敢相信自己的好運氣。

知縣欣賞小羅綸的博學和才德，當瞭解到他家的疾苦後，派人送來了米麵、衣物等，可人窮志高的羅綸卻始終都不接受。他說：「我做的是一個讀書人該做的事，有什麼值得格外嘉獎的呢？」

依靠不懈的努力，羅綸最終成為了大學問家。

【成功心語】

羅綸從小就不斷培養著「人窮志高」的品德，克己修身，不畏貧窮。通過自己的努力，把命運的苛刻轉化為命運的饋贈。

○二八──皇甫謐浪子回頭

皇甫謐是魏晉時代著名的學者、醫學家，一生以著述為業，撰寫了大量著作。這個大名鼎鼎的學者，在成長的過程中，卻有一段鮮為人知的浪蕩子經歷。

皇甫謐生於沒落的名門望族，自幼父母雙亡，寄居在膝下無子的叔叔家。因為得到家人無私的關愛，皇甫謐竟然養成了遊手好閒，吃喝玩樂的壞德性。

很長一段時間，因為他目不識丁和為非作歹，被眾人稱為「傻子」和「二流子」。但他不以為然，繼續惹出好多麻煩事，叔叔一怒之下趕他出門。

半夜時分，皇甫謐糾集一幫小無賴，偷光了農夫田裡的熟瓜。他洋洋得意地拎著瓜，前去「孝順」嬸娘，以為可以獲得家人原諒。

嬸娘氣憤地將瓜摔到門外，眼含熱淚地斥責說：「你若真的孝順我，就應該做一個清白的老實人！安心學得一門好本事，才對得起死去的爹娘！你如果再這樣胡鬧，我就永遠不再見你！」

嬸娘的話刺痛了皇甫謐的心，他羞愧得無地自容。望著滿頭白髮，終日任勞任怨的嬸娘，撲通一聲跪了下去，對天發誓：

「請你們原諒我吧！從今以後，我決心改邪歸正，做一個堂堂正正的男子漢！」

皇甫謐斷絕了狐朋狗友，拜鄉里有名的學者席坦為師，開始苦讀儒學經典。

隨著家境每況愈下，皇甫謐體諒叔叔和嬸嬸的艱難，開始四處借書、抄書，甚至帶書下田研習。每天夜晚，他還在微弱的燈下憤起直追，竭力彌補浪費的光陰。

勵志勤學幾年後，皇甫謐成為了一個德才兼備的大學問家，可是惡疾令他癱瘓在床。儘管疼痛難忍，他仍然手不釋卷，自學《內經》、《針經》等醫學典籍。

克服了常人難以想像的艱難，他數年來以身試針，奇跡般地醫治了頑疾，並整理出了針灸學典範巨著《針灸甲乙經》，享有「針灸之祖」的美稱。

【成功心語】

「浪子回頭金不換」，皇甫謐不但知錯能改，還能在病痛中，靠頑強的毅力刻苦鑽研，終成大業。看來只要肯學，就永遠不會太晚。

【名著簡介】

1、《內經》：《黃帝內經》的簡稱，是中國現存最早的中醫理論專著，總結了春秋至戰國時期的醫療經驗和學術理論，確立了中醫學獨特的理論體系。

2、《針經》：作者為金代佚名氏，主要講述了九針式、經絡、腧穴（又稱穴位）、刺灸法、刺灸禁忌、按時取穴、證治七個方面的技術。

3、《針灸甲乙經》：晉代皇甫謐編寫的針灸學專著，原名《黃帝三部針灸甲乙經》，主要論述醫學理論和針灸的方法技術。

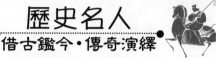

〇二九——管寧割席拒友

管寧是三國時著名的學者。因雙親早亡，日子艱辛，親戚鄰舍給他衣物糧米的幫助，他都婉言拒絕，決心靠雙手養活自己。

管寧儉樸好學，邊工邊讀，拜在名師門下學習，結識了很多新同學。他有一個最親密的朋友華歆，倆人情同手足，互為知己。學習時，兩人同坐一席；休息時，兩人一同翻地種菜，挑水施肥。

一天，兩人在地裡鋤草，突然刨出一塊金子。華歆兩眼發直，直勾勾地盯著這意外之財。管寧卻目不斜視，繼續平靜幹活。華歆將元寶撿起來，用衣服擦了又擦，愛不釋手，十分歡喜地揣進了衣袋裡。當他看著管寧一點不為所動，仍專心耕地，頓時有些羞愧，便萬分不捨地將金子放回原地。

回到房間讀書，門外傳來一陣喧天鑼鼓，熱鬧非凡。華歆開始心神不寧，東張西望地晃動身體。他最終經不住誘惑，撂下書本向門外飛奔而去。

原來啊，是一個華衣錦袍的大官，坐著華麗的馬車，在威風凜凜儀仗隊的簇擁下巡街。

這氣派令華歆羨慕不已，不住嘖嘖稱讚：「好威風！好神氣！」直到望不見人影了，他才回過頭來，反覆說：「將來我做官，一定要比他還要大，比他更威風！」

管寧淡然處之，依然專心讀書。

等到華歆逐漸安靜下來，只見管寧拿起一把剪刀，把席子分割成兩塊。華歆不解地問：「為什麼要割席呢？」

管寧氣憤地說：「你的言行告訴我，您讀書為的就是升官發財，並沒有憂國之心。」

華歆著急了，解釋說：「在位才能謀政，當官有什麼不好？這也不影響我們做朋友呀！」

「不！」管寧失望地搖搖頭，「見利而動，心慕官紳，如此傾慕權貴，與我的志向完全不同！我們不是一類人，也不再是朋友，當然要割席分坐！」

【成功心語】

人無信不立，不改初衷，不被利誘。管寧割席之舉，表明了他堅守諾言的品性。古人云：「道不同，不相與謀」，交友貴在志趣相同。在結交朋友時，要有所選擇。

〇三〇——許衡不食無主之梨

許衡是元初著名的理學家，魯齋學派創始人和主要代表。因自幼聰穎勤學，喜歡獨立思考，古代典籍常出口成誦，在當地以博識且有遠大抱負聲名遠揚。

有一次在學堂上，先生慷慨陳詞激勵學生：「學而優則仕，你們讀好書才有希望做官。」七歲的許衡站起來，反駁道：「我覺得讀書為做官的意義太狹窄了，人人要胸懷祖國，國家才能富強！」先生啞口無對，從心底裡佩服他善思考，胸有大志。許衡刻苦勤學，從不放過任何不明白的問題。由於所提問題日漸深奧，連換三個先生都無法給予完好答覆。他只好在家自學，逐漸提高見識和學問。

盛夏的一天，許衡去向一位老者求教。許衡一路口乾舌燥，喉嚨裡冒火。幾個商販也都大汗淋漓，因無處找水而唉聲歎氣。突然，遠處跑來一人，手捧著黃燦燦、水靈靈的大梨，邊跑邊喊：「快快，終於有可救命的東西了！」商販們一轟而上。許衡也忙站起來問：「請問，你是從哪裡買的梨？」

「買？這裡剛經歷戰火，別說賣東西的人了，就是偷東西的耗子也難找到！」那個商販頗為得意，「咳，前面的院中有棵梨樹，上面掛滿了果子。我看門戶緊閉，想必也沒人在家，就翻牆進去，摘了這些！你們也去摘一些吧，口渴的時候多著呢！」

「好啊！好啊！」眾人一聽，紛紛走向那個院子。

許衡沒有多說什麼，卻站在那裡一動不動。一個商販不解地問：「小兄弟，我看你剛才渴得難受，怎麼不去摘幾個梨呢？難道你連這幾步都走不了了？」

「梨的主人不在，怎能隨便摘人家的梨呢？」許衡啞著嗓子說。

「小兄弟真是讀書人，這慌亂的日子，梨樹哪裡還會有主人？」商販們哈哈大笑起來，就像看怪物一樣盯著他，「你莫是熱暈了頭？」

「梨樹沒有主人，難道我們的心也沒有主人嗎？我是絕對不食無主之梨的！」許衡毅然轉身離開，留下身後一陣嘲諷。

許衡在亂世中勤學自律，終成為一代儒學大師，其德行言教為後人所推崇，被稱為「元朝一人」。

【成功心語】

誠信老實是人生最寶貴的品德之一，許衡能做到誠實無欺，面對誘惑不為所惑，並非出於別人的強迫，而是他把誠實當做自己內心的主人。他拒絕食梨，實際上就是拒絕放任自己，這是「慎獨」的最高境界。

〇三一 於謙石灰精神清白做人

於謙是明朝傑出的政治家、軍事家、詩人，自幼聰明過人。在家人的引導下，他六歲開始讀書，七歲作文，八歲通經，十歲飽覽眾書。

於謙所讀書籍涉獵廣泛，並注重探求國家興亡治亂的道理，立下匡扶天下的宏志。他自幼喜愛古今忠烈故事，尤其敬仰文天祥這個大忠臣。祖父的書齋裡掛有文天祥畫像，小於謙提筆寫下《文天祥像贊》：「殉國忘身，捨生取義，氣吞寰宇，誠感天地……」

每一天，他都要跑去仰望心中的英雄，必恭必敬地瞻仰禮拜，發誓將來也要成為這樣的人。

十六歲那年，於謙就讀於杭州吳山三茅觀，在富陽觀看到石灰的燒製過程，忙碌的工人將一堆堆黑色的石頭砸碎，放入爐窯燒炙，變成潔白的石灰。他興趣大發，積極參與石頭的開採、燒製和加工，悟出一個樸實的道理：

「若想擁有超凡品格，清白做人，就要不畏艱險，勇於自我犧牲。」

激動之餘，於謙寫下了傳世佳作《石灰吟》：「千錘萬擊出深山，烈火焚燒若等閒；粉身碎骨渾不怕，要留清白在人間。」

這首詩對他的一生都起著很大作用，成為自修自勵的操守宣言，也是畢生追求高尚境界的自我寫照。

二十歲那年，於謙考中進士，開始擔任監察史、巡撫、兵部尚書等官職。他為官清正廉潔，剛正不阿，始終以石灰精神勉勵自己。

在蒙古瓦剌軍侵略明朝疆土時，他臨危受命，誓死保家衛國，成為威震神州的民族英雄。不幸的是，於謙後來遭到奸人誣陷。面對死亡，他大義凜然，寫下與年少時的《石灰吟》相互呼應的《辭世詩》，完成清白做人的心願。

【成功心語】

小於謙少年立志，清白做人，為信念不計較個人得失與榮辱，為清白甘願粉身碎骨，成就了自己推崇的「石灰精神」。

〇三二——林則徐少年壯志

林則徐是清末著名的政治家思想家、愛國將領和詩人，中國近代史上的禁煙英雄。

林則徐自幼跟著父親學習詩文，接受儒家經傳的薰陶。五歲那年，他纏著父親要去私塾，父親只好背著他去。路人好玩，逗他說：「子以父為馬。」小林則徐不樂意了，翹著嘴巴回應：「父望子成龍」。

眾人啞口無語，為小小年紀具有如此才思而感歎。

看到父親教出的學生都詩書俱佳，林則徐主動要求學寫文章。父親很猶豫：「你還小，過幾年再說吧。」林則徐不服氣，說：「有志不在年少！只要你肯教我，認真開導我，我願意努力學習，就能寫出好文章。」父親見拗不過他，勉強點頭答應。林則徐果然遵守自己的諾言，學得認真而刻苦。

一天，先生帶學童遊玩彭山。見到閩江波濤滾滾，海天相接的景象，先生要求以「山」、「海」做七言聯句。

眾人還在冥想，林則徐已經大聲吟誦出：「海到無邊天做岸，山登絕頂我為峰。」先生很欣慰，感歎他人小志高，說：「小兒日後必做國家棟樑之才！」

從那以後，林則徐以「童年擅文」而聞名家鄉。

在父親的嚴格要求下，林則徐進步很大，每次都能以優異的成績過關。

十三歲那年，他參加科舉，以一篇《仁親以為寶》中了秀才，正式進入書院就讀。漫長的學子生涯裡，林則徐開始注意經世致用之學，從中不斷汲取古代文化中的思想養料，樹立了救時濟世的志向。他崇尚諸葛亮、李白、杜甫、文天祥、岳飛、於謙等人，希望與他們一樣報效祖國。

林則徐後來任官四十年，官歷十三省，堅持禁煙，勇於革新，成為近代史上睜眼看世界的第一人。

【成功心語】

林則徐刻苦勤學，少小立志，即便在流放新疆的逆境中，仍然堅定報國信念。堅毅和決心可以使人無所不能，現代人更需要這樣不屈不撓的精神。

〇三三——喜歡奇趣故事的吳承恩

吳承恩是明代小說家，古典四大名著之一《西遊記》的作者。他成功地塑造了中國藝術史上恆久不衰，活靈活現的「美猴王」形象。

吳承恩天資超常，機智善辯，能一目十行且過目不忘。他自幼博覽群書，詩詞曲賦樣樣精通，字畫俱佳。少年的他文筆流暢，擅寫諧劇、雜劇，被誇為有「秦少遊之風」，是名冠四方的英俊之才。

吳承恩自小喜歡聽故事，尤其愛聽奇聞、神仙鬼怪、狐妖猴精等故事。在父母講不完的故事天地裡，吳承恩悄悄吸取著豐厚的營養，夢想自己也成為那些傳奇的創造者。

一次，先生正在堂上講課，吳承恩卻偷偷拿出剛借到的奇趣故事，放在課本下偷看。他醉心於那充滿了想像的離奇世界，完全聽不進先生的任何一句話，還傻傻地發出笑聲。先生發現了，將戒尺落到他的手上提醒，他還毫無知覺地低著頭。好脾氣的先生終於發怒，訓斥：「讀這種閒書，實在是荒唐的事！你不要前途了嗎？」

儘管時時受到先生的批評，吳承恩還是不願意放棄搜奇獵怪的機會。只要先生不留意，他就開始神遊那些魔幻王國。幾番尋覓，他意外得到一本宋本的《大唐三藏取經詩話》，頓時喜出望外。書中描寫了唐代高僧唐玄奘去西天取經的驚險，還將真實與神話聯繫起來，寫得異常生動有趣。吳承恩非常震撼，將書視作了自己唯一的好朋友，天天看，天天講，從不厭倦。父母都笑著說：「這個孩子傻了！」

晚年時，吳承恩開始整理創作《西遊記》，將童年的幻想變成文字呈現於世，創下了中國古典浪漫主義小說的高峰。

【成功心語】

成功之路向來都不是平坦的，要想志向變成現實，必須勤學苦練。學習是積累財富、創造財富的過程，心志的增長一日千里，學習的增長點點滴滴，處處留心皆學問。哈利波特的作者能夠得到全球書迷的讚賞，其多年的耕耘才是成功的基石，而且，成功經常只是興趣的意外事件。

【名著簡介】

《西遊記》：由明代小說家吳承恩創作，描寫孫悟空等三個徒弟保護唐僧西天取經、歷經九九八十一難的神話故事，為中國四大名著之一。

勤奮篇

勤奮出天才，努力得成果。做學問就要不怕苦，惟有學習，不斷練習，才能使人聰明；惟有努力，不斷奮力，才會擁有才能；沒有足夠的知識儲備，是很難成功的，學習是積累知識的唯一途徑，知識能給夢想插上騰飛的翅膀。

○三四——屈原洞中苦讀

屈原是戰國時期的浪漫主義詩人，傳世之作有《離騷》、《九章》、《九歌》、《天問》等。屈原自幼酷愛讀書，尤其喜歡民歌。每每聽到鄉間百姓吟詠詩歌，就纏著家人為他講解，然後在心裡默誦領會。

有一天，屈原正默寫剛收集的民歌，被先生發現。先生很不高興，斥責：「鄉野百姓的讀物，登不了大雅之堂。讀書人潔身自好，怎麼能讀這些低俗的東西呢？」屈原不以為然，據理力爭：「這些詩歌流傳了幾百年，經久不衰，不正說明擁有不朽的生命力嗎？」但先生很固執，下了禁令：「我不允許你讀，這類東西禁止在學堂流傳。」屈原沒有再爭辯，心裡卻有自己的主張。

為了逃避被先生阻撓，屈原開始在外面悄悄收集民歌。他發現溪邊有個幽靜的大溶洞，裡面有天然的石桌和石凳。每天從學堂出來，屈原就進到這裡品味那些禁書，讓思想徹底漫遊在無拘束的浪漫中。不管酷暑寒冬，還是颳風下雨，屈原從不間斷。

一天，屈原正在洞中吟誦詩謠。恍惚間，看到一個天女手捧《楚聲》飄飄下凡，竟然是自己夢寐以求的楚國各地民歌民謠集。他激動地拜了再拜，口裡提出：「好詩向誰求？」不等他抬頭，天女與天書又消失得無影無蹤，只留下一句「真詩在民間」。就在屈原惘然無措的時候，猛地感覺有人在拉自己的衣角。他定睛一看，身邊卻站著姐姐，嘴裡還嗔怪道：「你怎麼跑到這裡來發夢癡？要不是聽到你說話，我還一直找不到你呢！快回家吧，天色已晚，爹娘都擔心著呢！」

兩姐弟走出石洞，山間傳來鄉人渾厚高亢的山歌，屈原頓時有所感悟，禁不住感歎：「天女說得沒有錯，好詩果真在民間！」憑藉在民歌中吸取的豐富營養，屈原最終寫成了流傳千古的《楚辭》，成為中國文學史上第一個偉大的詩人。

【成功心語】

沒有足夠的知識儲備，是很難成功的。學習是積累知識的唯一途徑，知識能給夢想插上騰飛的翅膀。成功是不斷學習，不斷提昇的過程。

【名著簡介】

《楚辭》：是由戰國屈原創造的一種新體詩，具有濃郁的地方文化色彩。西漢劉向整理收集了屈原、宋玉等人的作品，編輯成《楚辭》。

〇三五——司馬光警枕勵志

司馬光是北宋著名的政治家、史學家和文學家，也是鴻篇巨著《資治通鑑》的作者。幼年時，他因為果斷砸缸救出同伴而受到世人稱頌。

據說，司馬光並非天資聰穎，與別的孩子相比反倒略顯笨拙。但司馬光勤奮篤學，很有志氣。在學堂裡，先生要求背誦古文。背熟的同學高高興興去玩了，唯有他很不流暢。先生憐惜他，讓他也出去玩。他卻不領情，也不著急，獨坐在教室一遍又一遍練習著。

為了打敗瞌睡蟲，司馬光讓父親為自己做了一個光滑的圓木枕頭。母親心疼地說：「這個東西又硬又滑，睡起來怎麼會舒服呢？」他悄悄湊近母親耳邊，說：「我不是比一般孩子愚鈍嗎？有了這個讓人睡不安分的枕頭，它能敦促我不貪睡，不懶惰，就把它刻上『警枕』二字吧！」從此以後，司馬光就將圓木枕頭當成了寶貝。只要警枕翻滾，他就立即驚醒，起身伏案學習。奇特的枕頭成為司馬光勤學自創的警時器，幫助他積累了很豐富的知識。根據史料記載，十五歲的司馬光已經能背出近萬卷圖書，還做了詳實的讀書筆記，為將來撰書積累了豐富的資料。

【成功心語】

勤奮出天才，努力得成果。做學問就要不怕苦，惟有學習，不斷練習，才能使人聰明；惟有努力，不斷奮力，才會擁有才能。司馬光天資不高，但勤能補拙，這特點貫穿他的一生，他始終嚴謹治學，惜時如金及發憤攻讀，成為歷代楷模。

【名著簡介】

《資治通鑑》：北宋司馬光所主編的中國第一部編年體通史，記載了十六個朝代，共一三六三年的詳細歷史。

〇三六——匡衡鑿壁偷光

匡衡是西漢著名的經學大家，對《詩經》的理解獨特透徹，成為當時的「解說《詩經》第一人」。元帝登基後，匡衡憑藉不懈的努力，克服萬千險困，歷經諸多考驗，一步步升到了丞相的高位。

匡衡出生在一個貧寒的農家，卻不甘於和父執輩一樣，終日面朝黃土背朝天。自從他接受了初級的啟蒙教育，就下定決心要多讀書，希望將來能金榜題名，改變生活。

可家裡太窮了，除了一日三餐勉強果腹，根本不能滿足孩子這些「奢侈」的願望。匡衡太想看書了，滿腦子都是能到哪裡讀書。他聽說附近有個大戶人家，主人叫文不識，藏有很多很多好書。匡衡靈機一動，前去文家求工。

匡衡說：「我不要一個銅板的工錢，願為老爺放牛、餵豬，做農活。」文老爺看著這個瘦小的孩子，驚訝地說：「為什麼呢？」匡衡紅著臉，卻很勇敢地回答：「求老爺開恩，允許我借閱你家的圖書！除了這個，我什麼都不想要！」文老爺很意外，十分感慨地說：「嗜書如此，難能可貴！」他答應了這個貧家男孩的條件，並願意一直雇用他。

書是借到了，匡衡只能利用晚上閱讀。可家裡沒有錢買蠟燭，房間裡漆黑一片，什麼都看不到。匡衡萬分焦急，沉默地看著夜色發呆。突然，他眼前驀然一亮。

「光！」

透過自家殘破的東壁，隱約閃爍著一線橘黃的光芒。原來，境況略優的鄰家燈燭通明，正在那邊悠然家常。匡衡樂壞了，拍拍腦門嘀咕：「如果可以『偷』一點光亮，不是就能解決我的難題嗎？」他站了起來，小心翼翼地貼著牆壁，用木棍鑿出一個小小的孔洞。

神奇的亮光登堂入室。

匡衡如饑似渴地倚靠在洞前，借助微弱的光，苦讀著一冊又一冊的書，最終成為一個著名的經學大家，將勤苦好學的美名記載到了史冊上。

【成功心語】

貧窮的人求學最為艱苦，事事不得所願。但匡衡不被困窘約束，採取匪夷所思的方法完成學習，值得所有人反思學習條件與學校效果之間的關係。

○三七——孫康映雪苦讀

東晉時期，因為家貧如洗，年幼的孫康輟學務農。可他不甘心如此終老，希望將來能大有作為。

嗜書如命的孫康常通宵看書，利用所有可能的時間積累知識。但是，即使燃燒豆粒大的光，也要消耗珍貴的燈油，對於經濟困難的孫家，這樣的夜晚太奢侈了。孫康很懂事，不想讓父母增加負擔，悄悄跑到柴灶前，在嗆人的煙火下看書寫字。儘管這樣用盡心思，每次的讀書時間也是相當有限。

隨著滅火熄柴，孫康被迫放下讀不厭的書本，心裡無限惆悵。他苦苦思索著，希望能夠找到應對的方法。

「要是可以不花錢，又能清楚讀書，該多好啊！」

一個隆冬的夜晚，無法入睡的孫康蜷曲在窗前，默背白天看過的書。突然，他發現眼前閃過一絲亮光。

「難道是天亮了？」

大喜過望的孫康連忙起身，發現雪白的月光下，大地一片潔白。原來呀，夜間下了一場大雪，變成銀色世界了。

「雪光映到窗臺上，這麼亮的光就能讀書了呀！」

孫康興奮極了，立刻拿書出來一試，果然字跡清晰可辨。他抑制不住內心的激動，蹲在雪地裡看起書來。刺骨的寒風呼嘯而過，專心的他完全忘記了寒冷，進入美好的境界。

從此以後，孫康每晚都到院子裡映雪讀書，知識越來越淵博。

總算皇天不負有心人，出身低微的孫康官至御史大夫，協助皇上處理政事。

【成功心語】

毫無疑問，這是世界上最浪漫的勤學故事。可是試想一下，讀完一本書就會變得渾身冰涼，是不是更讓你淚流滿面，為勤學者的不屈而讚歎不已。

〇三八——車胤囊螢照讀

車胤是晉代著名的學者。他的曾祖父曾做太守，但因災荒上書放糧而遭斬首，從此家道中落，家貧如洗。

車胤自幼聰明好學，從不因為貧窮而低看自己，常常沉醉在知識的海洋裡尋找書香的快樂。

一天，父親的朋友帶瓜果上門拜訪，見車胤正在窗前專心讀書，便想要逗逗他。客人故意弄出些動靜，大聲喊：「車胤，吃桃！味美可口的水蜜桃！」

車胤就像沒有聽到一樣，沉浸在書本中紋絲不動。客人很感慨，連連稱讚：「孺子可教，好好培養！」

在父親的教導下，車胤勤奮學習各種知識。為了珍惜每一點時光，他總是見縫插針地掌握時間埋頭苦讀。可是家境每況愈下，連燈油都買不起。漆黑的夜晚，車胤見空中有月，就追著月光讀；冰雪的嚴冬，車胤見空中有雪，就映著雪光讀。可是到了無雪無月的盛夏之夜，車胤就無計可施，暗自歎息時光虛度。

這天晚上，沮喪的車胤坐在院子裡默誦詩篇。突然，眼前有個亮光閃過，一隻螢火蟲落在了樹葉上。聰明的車胤猛地來了精神，仔細打量四周，發現眾多螢火蟲聚集在一起，發出可喜的微光。

「咦，天賜良機啊！」

他靈機一動，決定捕捉幾隻螢火蟲，製造出一盞「明燈」。

車胤跑回家，在母親那裡討要了紗布袋，將辛苦捉來的幾十隻螢火蟲裝了進去。當他高掛那個奇異的「燈盞」，禁不住興奮地拍手歡叫起來。

從此以後，車胤借自然之光打破了夜學無燈的窘境。

在小小螢火蟲的伴隨下，他讀完了一本又一本有益的書，成為一個才華橫溢的大學問家，歷任中書侍郎、史部尚書、輔國將軍等職，成為治國良才。

【成功心語】

家貧不是休學的理由，學習要靠自己刻苦。車胤惜時好學，把艱苦的學習當成了快樂的享受，終於成為中國讀書史上勤奮好學的典範。

○三九——孫敬懸樑夜讀

孫敬是東漢時期著名的政治家和大學者，其求學故事令人感動萬分。

和大多數普通人家的孩子一樣，孫敬的家裡一貧如洗，無法為他提供良好的學習條件。為了能有書讀，小孫敬用本為柴禾的柳木自製書簡，在家閉門誦讀。因為不見他出門，只聽到一陣陣悅耳的書聲，鄰居送他雅號「閉門先生」，誇他將來必成大器。

孫敬讀書十分專注，常常通宵達旦，由於長時間熬夜，經常感到精力不足，總會出現打盹犯迷糊的毛病，耽誤了很多時間。

有天晚上，困倦的他又昏睡過去，醒來後萬分懊悔，禁不住捶打起自己的雙臉。一陣火辣辣的刺痛後，人卻意外地清醒了許多。

「唉，我可不能浪費時間啊！」孫敬內心焦慮，「要是有人可以提醒我，讓我不要這麼嗜睡，該有多好啊！」

一天天過去了，孫敬始終沒有找到有效的好辦法。

這天晚上，他正仰頭背誦文章，目光突然停在了房樑上，眼睛頓時一亮，心裡有了一個主意。他起身找來一根繩子，將一端繫在書桌上方的房樑上，一端緊緊繫在自己的髮髻上，調整好合適的距離。每當他昏昏欲睡，身不由己地想要趴到桌子上時，繩子便牽住髮髻，一下提起他的髮端，再濃的睡意都在劇烈的疼痛中消失。

從此，孫敬堅持每夜懸樑夜讀，十年如一日，終成為通曉古今的大儒，留名百世。

【成功心語】

書山有路勤為徑，學海無涯苦作舟，學問是苦根上結的甜果。孫敬珍惜時光，懸樑苦學，肯下苦功夫，終於營造出一番動人的成就。

○四○──祖逖聞雞起舞

祖逖是東晉名將，中國歷史上一位傑出的愛國志士。

祖逖從小就失去了父親，靠哥哥撫養長大。他自幼聰慧，悟性極高，但不拘小節，是個不愛讀書的淘氣孩子。一些鄰居討厭他，搖頭說：「聰明反被聰明誤，這個孩子成不了大器！」面對眾人的指責，哥哥依然不離不棄，這讓祖逖感到很羞愧，決心立志上進，做一個文武全才的有用之士。

祖逖開始勵志讀書，四、五年內就博通今古。他幾次進出京都洛陽，訪名師求學，漸漸贏得了人們的好評。接觸過他的人都說：「祖逖是個能輔佐帝王治理國家的人才。」

求學的途中，祖逖遇到了劉琨。兩人志趣相投，情同手足。他們白天共同學習，晚上合蓋棉被。面對西晉王朝動盪不穩的局勢，兩人常常談論起各自的抱負，希望能夠有為國報效的機會。

一天夜裡，祖逖想著國家屢遭匈奴進犯，百姓流離失所，翻來覆去無法入睡。突然，他被附近村子裡喔喔的雞啼聲徹底驚醒，便推了推身邊的劉琨，說：「你聽到什麼了嗎？」

劉琨迷糊著睜開眼睛，嘀咕著回答：「這是半夜亂叫的荒雞！按古人的說法，怕是不祥啊！」

祖逖嗓門一亮，大聲問道：「怎麼會不祥呢？你聽它多麼宏亮、激越、高昂，這是催我們奮進呀！以後，我們聽見雞叫就起床練劍，如何？」劉琨欣然同意。

兩人披衣下床，各自拿劍走出屋子，在殘月濃霜中對舞起來。

從此，他們每天聽到雞叫就起床練劍，研究兵法。春去冬來，寒來暑往，從不間斷。經過長期的刻苦學習和訓練，成為文武雙全的將士。

祖逖參軍成為奮威將軍、豫州刺史，屢建奇功，實現了報效國家的願望。而劉琨為並州刺史，也充分發揮了自己的文才武略。

【成功心語】

祖逖聞雞起舞，堅持不輟，這種堅定的意志正是從堅定的民族氣節中來。一個人，只有培養出遠大的志向，才能產生強大的動力，最終達成理想中的目標。

〇四一——借書抄書的宋濂

宋濂是明朝的開國元勳之一，不僅是明初的三大詩文家，而且是明初文人政治的典型代表。他博學多才，很受朱元璋的器重，曾經當過翰林院學士，為皇帝起草詔書，奉命編修《元史》，還擔任過太子朱標的先生。

宋濂是浙江人，出生時正趕上元朝末年的混亂局面。元朝採取的是種姓制度，普通人家雖然也能讀書識字，卻很難有鑽研學問的機會。宋濂家境貧寒，又是地位低下的南人，更加無力購買書籍。他想閱讀什麼書，只有靠借才能達到。

有錢人家裡收藏了很多書，但是他們大多瞧不起卑賤的南人，不願意借給他。年幼的宋濂為了看書，只好厚起臉皮，說盡了好話。

有一次，他向鄰近的一個秀才借書。秀才很捨不得，只好說：「借你可以，但十天內必須還！」那本書很厚，十天根本看不完，秀才希望宋濂能知難而退。沒想到，宋濂不僅堅持要借，還真的趕在期限內還回。當秀才瞭解到他為了看書廢寢忘食，頓時非常感動，欣然提出要借更多的書給他看。

從此以後，宋濂學習的勁頭更足了。遇到喜歡的書籍，他就認真地抄錄下來，將來可以拿來重新品味。寒冷的冬季，硯池中的水都結成了冰。為了不耽誤還書時間，他半夜三更還在苦耕，從來不敢有一點懈怠。

年齡稍大一點以後，宋濂開始四處求學，跋山涉水去尋求名師。他背著行囊，冒著風雪在大山中趕路。到了學館的時候，整個人幾乎都凍僵了。那裡的同學都很富有，穿金戴銀，吃的是珍饈美味，而宋濂穿布衣吃粗食。他沒有和別人比拼物質上的貧富，而是專心治學，終於成了一代大儒。

這樣的事情都被宋濂記錄在《送東陽馬生序》裡面，算是宋濂的自述吧！

【成功心語】

對於衣食無憂的學子，如果學業不精通，品德不高尚，除了責怪自己，根本沒有理由來解釋過失。只要不是天賦資質低下，用心專一如宋濂，還有什麼是無法改變的？

【名著簡介】

《送東陽馬生序》：明朝宋濂為上門求教的同鄉晚輩馬君寫的序，介紹自己的學習經歷和學習態度，勉勵他勤奮學習，成為德才兼備的人。

四二——解縉巧對曹尚書

解縉是明朝著名的大文人，政治家。他曾經入主文淵閣，所有的詔書政令幾乎都是由他擬訂的，還奉命帶領上萬人編修了中國歷史上最偉大的類書《永樂大典》，有一萬一千多冊。《永樂大典》在清末的戰火中散失，現珍藏於世界各地圖書館中的不過幾百本。

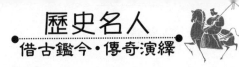

解縉自小就被譽為神童，據說還在襁褓中的時候，母親就在地上畫字抱著他認讀，五歲那年，父親開始為他啟蒙，講解詩詞文章，解縉很快就能背誦下來。到七歲的時候，解縉可以自己寫文章，裡面有很多老成持重的語句。到了十二歲，他已經全部讀完《四書》、《五經》。十八歲參加家鄉江西的鄉試，奪得第一名解元，所以後人也叫他「解解元」。他在第二年的會試中取得第七名的好成績，通過殿試稱為進士。

解縉從小聰明機智，住家對面是曹尚書家的花園，一叢青竹從高高的圍牆上伸展出來。解縉有感而發，寫了一副對聯：「門對千竿竹，家藏萬卷書」貼在自家門口。曹尚書認為他在嘲笑自己學問淺，就下令將竹子全部砍掉；第二天，解縉發現對面的竹子都不見了。瞭解事情原委後，他在對聯上各添了一個字，成為：「門對千竿竹短，家藏萬卷書長」意思一點也沒有變，而且也很切合當時的情景。

曹尚書看了，氣得讓人把竹子連根拔起。解縉看到堆在牆外的竹根，又提筆在對聯下再添上一個字，成為：「門對千竿竹短無，家藏萬卷書長有」曹尚書看見了，也不得不讚歎這個小傢伙機敏有才。

曹尚書雖然在這一次對陣中落敗了，卻擁有一顆愛才之心。為了考驗解縉的才能，他邀請解縉到家做客。到了相見的那天，曹尚書故意關閉正門，讓解縉從窄小的偏門進去。曹尚書有些得意，感覺難住了他，說：「小子無知嫌路窄。」解縉立刻朗聲回答：「大鵬展翅恨天低。」曹尚書一愣，哈哈大笑，他立即讓人打開大門熱情接待解縉。幾年以後，還把自己的女兒許配給瞭解縉。

【成功心語】

知識就是力量！對於年幼的解縉來說，擁有滿腹詩文才藝，既能舒展內心的各種感受，又能在關鍵時刻展露勇氣和度量。

【名著簡介】

《永樂大典》：明成祖永樂年間編纂的一部大型類書，匯集了古今圖書七、八千種，是中國古代最大的百科全書。

〇四三——賈逵隔籬偷學

這個賈逵，說的是東漢時期著名的經學家和天文學家，而不是同為東漢人的曹操大將賈逵。兩人一文一武，文賈逵去世幾十年後，武賈逵才出生。

賈逵從小聰明過人，深得家人的寵愛。在他很小的時候，父親不幸去世，母親獨自撫養他和姐姐。為了一家三口的生活，母親忙裡忙外，根本沒有時間照顧姐弟。像所有傳統的多子女家庭一樣，姐姐很自覺地擔負起照顧小弟弟的責任。

姐姐心疼弟弟，總是想方設法地尋出有趣的活動陪伴他。因為受過父親的教導，姐姐常向小賈逵講古人勤奮讀書的故事，還對他說：「只要一個人肯下決心，什麼事情都能辦到！」小弟弟似懂非懂地點點頭，也就不再無故哭鬧撒嬌了。

可姐姐再機靈，故事總有講完的時候啊！面對弟弟渴望的雙眼，姐姐有些焦急。

一天，聰明的姐姐發現私塾先生常常給學生們講類似的故事，頓時有了主意。她帶著小賈逵來到院子外面，悄悄地「旁聽」起來。因為小賈逵個子太矮了，姐姐就把他抱著，自己靠在籬笆上，一動不動地傾聽。

無論是烈日高照，還是冷風飄雪，姐弟倆每天準時到學堂外面去「靜站」。隨著賈逵漸漸長大，姐姐已經抱不動他了，就帶上一個小板凳，讓他站在上面聽。賈逵常常累得腰痠腿疼，遇到下雨還會被淋成落湯雞，可依然捨不得離開。每到這種時候，姐姐就心疼地看著他，伸出雙手呵護他，心裡默默地祈禱弟弟能夠吸收更多的智慧。

經過幾年不懈的努力，賈逵在籬笆外面學會了很多知識。十多歲時，賈逵就掌握了《左傳》、《四書》、《五經》等，很多篇章都能倒背如流。十五歲時，他已經是家鄉遠近聞名的小先生了，最終成為了一位滿腹經綸的學者。

【成功心語】

上蒼給予眾生的所得很有限，如果你總是站在那裡抱怨憤恨，人生剩下的就只有艱辛和不平。幸運的賈逵在姐姐的引導下，終於發現閃亮的可以突顯自己才華的機會，牢牢地把握了它，成功扭轉命運的多舛。

○四四——王雱智辯獐鹿

王雱是北宋大文學家、政治家王安石的兒子，從小聰明機智，能言善辯。王雱本人也是北宋的文學家，和王安禮、王安國並稱為「臨川三王」。

王安石在鄞縣做官的時候，小王雱只有幾歲。鄞縣位於浙江東部的沿海地帶，大部分都是山地，當時經常有人給王安石送一些山貨作為禮物。

有一次，有人給王安石送來一頭獐和一頭小鹿。兩隻小動物長得差不多，被關在同一個木籠子裡面，皮毛光亮，眼睛忽閃忽閃地，看起來非常可愛。王安石就叫小王雱出來，一方面給客人請安道謝，一方面也看看這些小動物。

王雱很有禮貌地對客人問安道謝以後，立即就被兩隻小動物吸引了，圍著木籠子左看右看。客人很喜歡王雱，問：「你知道這裡面關的是什麼動物嗎？」王雱搖搖頭。客人笑著回答說：「這裡面是一頭獐和一頭鹿。這種是香獐，雄性的肚臍眼長大後會散發出很香的味道，可惜這隻是雌性的，以後有機會再捉隻雄的給你玩。」

王雱高興地點著頭，問：「兩隻動物看起來差不多，請問究竟哪一隻是獐，哪一隻是鹿呢？」客人笑了笑，為了考驗小王雱的智慧，故意說：「哎呀，我也不清楚呢！正想問問你這個小神童。」

王雱圍著籠子轉來轉去，靈機一動，回答：「我知道了！」客人和王安石都很驚奇，這個小傢伙怎麼可能認識呢。只見王雱不慌不忙地指著籠子，說：「獐旁邊的是鹿，鹿旁邊的是獐，不知小侄說得對嗎？」

客人和王安石頓時哈哈大笑起來，一起稱讚王雱聰明機智。

【成功心語】

相對左為右，相對右為左。小王雱以退為進，巧妙使用模糊法，解除了自己的尷尬，也算是一種急智！

○四五——萬斯同閉門苦讀

萬斯同是清朝初年著名的學者和歷史學家，參與編纂了我國最重要的歷史巨作《二十四史》。萬斯同的父親萬泰是明朝末期的名士，和大學者、思想家黃宗羲是至交。清兵入關以後，萬泰舉家躲避在奉化山中，後來遷居甬城。

萬斯同非常聰明，讀書過目不忘。八歲那年，當著父親客人的面背誦《楊子法言》，竟然一字不差。《楊子法言》是漢朝楊雄編寫的一部古代經典，一共有十三篇。他能有這樣驚人的記憶和理解力，大家都非常讚賞。

有趣的是，與萬斯同聰穎齊名的，還有他的頑劣天性。有一次，在會見父親的客人時，因為不顧全禮節而受到批評，小萬斯同一怒之下掀翻了桌椅，嘴裡還大叫大嚷。父親很生氣，將他關在書房裡閉門思過。

萬斯同失去了自由，不能暢快地出門與小夥伴玩耍。百無聊賴的時候，他在書房中翻看起萬卷藏書來。讓人意想不到的是，十幾部明朝歷史典籍吸引了他。萬斯同就像被奪了魂，看得津津有味，連僕人送去的飯菜都懶得動一下，直到全部看完。由於興致大發，他又從書架上找來諸子百家的著作，繼續如饑似渴地閱讀起來。

過了一段時間，萬斯同被父親放了出來。他一改往日的頑皮天性，整天跟在哥哥們後面參與學問的討論，甚至發表自己的見解。

大哥萬斯年看到弟弟很投入，就出了幾道題目考他。沒想到萬斯同很快給出答案，不僅條理清晰，還相當精彩。大哥驚呼：「差點埋沒了我這個小弟弟啊！」父親知道了這個事，也很驚訝。當他親自考驗一番後，也大呼：「哎呀，差點埋沒了我的兒子啊！」父親立即吩咐給萬斯年作新衣服，第二天就送他進學堂接受有系統的教育。

從此，萬斯同真正步入了神聖的知識殿堂。放學回家以後，他的父親又親自加以指導。等到十四、五歲的時候，他已經把家裡的藏書全部讀完。

十七、八歲那年，父親把他送到黃宗羲那裡，跟隨一代宗師深造。萬斯同迅速嶄露頭角，被稱為最高明的弟子，黃宗羲也表揚他「博聞強識」。

【成功心語】

好鋼煉好刀，而好刀用在正途才算有價值！天資聰穎的孩子很多，但大多都被流於外表的所謂能事耽誤了。萬斯同在特殊的時期開啟了心志，及時得到父兄的肯定和扶持，自然可以走出一段令人羨慕的大道。

【名著簡介】

《二十四史》：中國古代二十四部正史的總稱，包括《史記》（漢・司馬遷）、《漢書》（漢・班固）、《後漢書》（南朝宋・范曄）、《三國志》（晉・陳壽）、《晉書》（唐・房玄齡等）、《宋書》（南朝梁・沈約）、《南齊書》（南朝梁・蕭子顯）、《梁書》（唐・姚思廉）、《陳書》（唐・姚思廉）、《魏書》（北齊・魏收）、《北齊書》（唐・李百藥）、《周書》（唐・令狐德棻等）、《隋書》（唐・魏徵等）、《南史》（唐・李延壽）、《北史》（唐・李延壽）、《舊唐書》（後晉・劉昫等）、《新唐書》（宋・歐陽修、宋祁）、《舊五代史》（宋・薛居正等）、《新五代史》（宋・歐陽修）、《宋史》（元・脫脫等）、《遼史》（元・脫脫等）、《金史》（元・脫脫等）、《元史》（明・宋濂等）、《明史》（清・張廷玉等）。

○四六——黃巢智騙官兵

黃巢是唐朝末期的農民起義軍首領，曾經率領軍隊占領了大半的中原地區。

黃巢出生在山東一個鹽商家庭，為朝廷不容的私鹽販子。九歲的時候，黃巢就開始跟著父親販賣私鹽。他們一大幫人組織起來，推著裝滿私鹽小車，晝伏夜行，專挑偏僻的山林小路走。因為這些地方比較不容易碰到官兵的大部隊，如果官兵人數少，他們就拿起武器對抗。

有一次，黃巢跟隨父親押運私鹽，碰到一小股官兵。雙方展開了激烈的對抗，除了幾個官兵逃走以外，剩下的都被消滅了。鹽販們疲憊不堪，停頓在樹林裡休息起來。

黃巢左顧右盼，說：「逃走的官兵一定會帶來大部隊，大家還是趕緊離開。」父親覺得有道理，就招呼眾人立即動身。

黃巢又說：「我們這次殺死了很多官兵，他們一定不會善罷甘休，肯定要窮追不捨。你們先走，我在後面給他們耍個小把戲，多爭取一些時間。」父親知道小黃巢足智多謀，就讓他留了下來。

眾人剛走不久，官兵的大部隊就趕到了。看到一個小孩子拿著樹枝在岔路口掃地，當官的就問：「小傢伙，看見一夥人推著車子經過嗎？」

這個小孩正是黃巢，他不慌不忙地回答說：「是啊，他們剛從這邊過去，我在附近放牛，被他們叫來把車輪印記掃乾淨，還給了我十文錢呢！」

官兵高興極了，立即按照黃巢指示的方向追趕下去。而實際上呢，鹽販們走的是另一條路。等官兵走遠了，黃巢才扔下樹枝，跑步趕上了父親等人。

【成功心語】

黃巢處事謹慎大膽，懂得利用合適的時機製造利於己方的優勢。要不是他勇敢留下來「指點」官兵，父親等人未必能夠順利逃出啊！

〇四七——葛洪抄書破萬卷

葛洪是東晉時期著名的煉丹家，也是當時的醫藥家和化學家。

小葛洪家裡很窮，沒有辦法供他上學念書。但他很幸運，得到父親的悉心指導，能夠在家裡認字讀書。十三歲那年，父親因病去世，小葛洪不得不肩負起生活的重擔，起早貪黑地忙碌於祖傳的幾畝薄田中。

小葛洪喜歡讀書，但家中藏書在戰亂中全部喪失殆盡。為了能讀書，小葛洪只好四處求借，不惜行走幾十里的山路。但借來的書總歸要還，再次想要查閱的時候又會大費周章。葛洪一咬牙，暗地發誓：「我一定要把借到的書都抄寫下來！」

這可是一項艱巨而繁重的任務！

第一個難題是，葛洪家很貧窮，購買筆墨紙硯的錢難以湊齊。葛洪一點沒有退縮，抽空上山砍柴，用賣柴的錢購買文具。因為錢很少，所以他按照緩急需要，先購買紙筆和墨錠，用破瓦罐代替硯臺。每次磨出的墨汁，都兌上一些清水。雖然墨蹟淡一些，但同樣的一錠墨就可以抄寫更多字了。

第二個難題是，葛洪每天要下地勞動，有空的時候還要外出借書，只有利用晚上的時間來抄書。如果點燈照明，還會消耗很多燈油。葛洪思前想後，試驗了很多次，就點燃柴草，在搖曳的火光下抄寫。

經過幾年的努力，葛洪不僅閱讀了大量的書籍，還完成了抄寫工作。根據《晉書》記載，他「抄五經、史、漢、百家之言、方技、雜事三百一十卷，金匱藥方百卷，肘後要急方四卷」。為了抄寫這麼多內容，葛洪總是把一張紙寫得密密麻麻，正面用完用背面，這樣才能儘量少花錢買紙。

因為沒有錢上學，葛洪在抄書學習的過程中常遇到不懂的地方，便想方設法四處求教，遠近的先生都為他的勤學不倦而感動，紛紛傾其一生學問相助。

經過邊學習邊勞動的整合，葛洪寫下了著名的《抱朴子》，系統地研究了古代煉丹術，其中還包括很多化學知識，在客觀上推動了科學的發展。他的《肘後要急方》，記錄了急性傳染病、各臟器急慢性病、外科、兒科、眼科，甚至牲畜病。其中還特別對天花、結核病等作了相當正確的論述。而西方醫學界認識天花病，比葛洪晚了五百多年。

【成功心語】

窮而思變的人很多，葛洪就是其中一個善於利用各種機會的聰明人。他懂得統籌安排，將有效的時間和精力合理運用，最終實現了自己的抱負。最難能可貴的是，他所總結歸納的經驗，成為他行走人生道路不可或缺的助力，實在是太有智慧了！

【字詞注釋】

◈ 匱（ㄎㄨㄟˋ）

【釋義】：金匱，借指傳世的行醫秘方。

【名著簡介】

《抱朴子》：東晉葛洪編寫的道家理論著作，主要講述神仙方藥、鬼怪變化、養生延年，禳災卻病等，總結了戰國以來神仙家的理論，確立了道教神仙理論體系。

智勇篇

在這個充滿了挑戰和機遇的社會，任何一個有準備的才能之士都可能脫穎而出，有智慧的人，不會甘心受到冷落和不公，總會恰當地表達自己的要求，然後使它成為事實，在面對難度極大的挑戰時，懂得運用柔軟對策，將危害降到最低，讓一切皆大歡喜。

〇四八——甘羅巧言當宰相

甘羅出生於戰國末期，祖父曾在秦國當過相當於宰相的官職。甘羅從小受到祖父的教育和薰陶，聰明伶俐。隨著祖父被排擠離開故土，甘羅就到秦國宰相呂不韋門下當了食客。

當時的秦國和鄰近的趙國關係緊張，卻和趙國另一邊的燕國關係很好，準備派人聯絡燕國進攻趙國。但秦國負責聯絡燕國的大將張唐卻不願意擔任這項工作，因為他曾在秦趙戰役中殺掉了趙國的很多大將，擔心自己經過趙國時會有危險。呂不韋找不到更好的人選，為這件事情煩惱。十二歲的甘羅知道後，自告奮勇去勸說張唐。

甘羅見到張唐，開口就說：「我是來為你弔喪的！」張唐很氣憤，責問道：「我又沒有死，你弔什麼喪？」甘羅說：「當年秦國大將白起因為不服從應侯的命令，被驅趕死在異鄉。現在你張唐功勞比不上白起，卻敢違抗比應侯還要有權勢的呂不韋，你的死期鐵定不遠了。」張唐覺得很有道理，趕緊答應了出使燕國的任務。

一切準備就緒，甘羅自願出使趙國。

趙王見他年幼，心裡很輕視，就問：「你們秦國沒有人了嗎？怎麼派個小孩子來？」甘羅回答說：「我們秦王是按照任務輕重分派人員的。出使趙國是一件小事，所以就派我這個小人來了。」趙王頓時收斂許多，還虛心請教。甘羅趁機說：「大王一定聽說秦國要派人到燕國出使，燕國也準備派太子丹到秦國作人質。」趙王回答：「是啊，我正為這件事情擔心呢！」甘羅指點道：「光是擔心有什麼用呢？秦國和燕國這麼做，無非是要聯合起來攻打趙國。一旦聯盟成功，大王可就危險了。不如請大王把河間一帶的五座城池獻給秦王，然後請求秦國和燕國斷交。這樣一來，趙國憑藉強大的實力去進攻弱小的燕國，一定能得到比五座城池更多的好處。」趙王覺得很有道理，就照辦了。

甘羅回國後，秦王也很滿意這樣的結果，就接收了城池，和燕國斷交，並且封甘羅為相，相當於宰相的官職。不久，趙國果然進攻燕國，占領了三十座城池，又把其中的一座送給了秦國。

【成功心語】

在這個充滿了挑戰和機遇的社會，任何一個有準備的才能之士都可能脫穎而出。小甘羅雖然年方十二，卻深諳這個道理，密切關注時局變化，緊急關頭交出一個漂亮的答卷，自然可以成為眾人之上的小宰相。

〇四九——蔡文姬六歲辨琴

蔡文姬是東漢時期著名的才女，父親蔡邕是著名的文人和音樂家。蔡文姬從小受到父親的教導，在文學和音樂方面都有很高的造詣。

一天，父親在房間裡彈琴，琴聲時而鏗鏘有力，時而婉轉悠揚。六歲的小文姬正在院子裡玩耍，不由得聽出了神。突然，「鏗」的一聲，一根琴弦斷裂了。小文姬走過去，在門外問到：「爹爹，是不是第四根弦斷了啊？」

蔡邕見女兒說得一點不錯，大吃一驚，脫口而出：「你怎麼猜到的？」小文姬驕傲地說：「哪裡需要猜！我能分辨每一根琴弦發出的聲音，自然可以知曉哪一根出了紕漏！」蔡邕不敢相信，故意彈斷其他琴弦，讓女兒說出結果，而答案果然是絲毫不差，這讓蔡邕對女兒的音樂才能刮目相看。

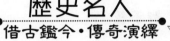

儘管聰明異常，小文姬卻一點也不自滿，更加認真地學習音樂知識，提高見解。

這天，蔡邕又在院子裡面撫琴。他彈得很高興，整個人都融入到了美妙境界裡，連眼睛都閉了起來。突然，一陣「吱吱吱」的怪響打斷了音樂的寧靜。蔡邕睜開眼睛一看，原來是一隻貓正在牆角追捕老鼠，老鼠亡命逃跑，嚇得叫了起來。蔡邕一邊看著貓捉老鼠的戰鬥，一邊繼續自己的彈奏。

蔡文姬從房內傳來問話：「奇怪！為什麼父親的琴聲裡出現打鬥殺伐的意思呢？」

蔡邕一愣，覺得是女兒對音樂的理解出現了問題。要知道，他彈的是一首和諧婉轉的樂曲，怎麼可能讓人聽出打鬥的感覺呢？就在這時候，剛才追逐老鼠的小貓已經得逞，老鼠發出了臨死前的慘叫，蔡邕的琴弦也隨之莫名顫動。他猛地恍然大悟，自己的眼睛悄悄影響了情緒，讓那些激烈的爭鬥在不經意間流傳於旋律。

不可否認，年僅六歲的蔡文姬能準確把握音樂傳遞出來的情感，是一個真正的天才。經過不懈的努力，她終於成為舉世聞名的大才女，連大梟雄曹操都讚不絕口。

【成功心語】

興趣和愛好是一個人取得好成就的好幫手，當你能夠在上天獨特的恩賜中完善天賦，就會成為一個不可思議的行家。蔡文姬的表現卓越，完全符合這樣的上天規律。

○五○──項橐智難孔子

項橐是春秋時期魯國人，一生並沒有什麼論著，卻能夠在中國傳統歷史文化中占有一席之地。據說項橐小時候非常聰明，伶牙俐齒，常常把大人說得啞口無言。他的名聲源自於最偉大的思想家「孔子」，因為孔子曾經向年僅七歲的項橐學習。

項橐的大名四處傳揚，孔子帶著弟子們前去訪問。他們駕著馬車來到項橐的家鄉，想到馬上可以看見傳說中的神童，不由得加快了速度。剛抵達目的地，只見一個小孩子蹲在路中間，用石頭和土塊在堆砌城池的模型。孔子趕緊勒住馬韁繩，停了下來。小孩聽到聲音抬頭看了一眼，繼續玩耍他的遊戲。孔子見小孩沒有讓路的意思，只好說：「請你讓一下，我們要趕路。」小孩抬頭回答：「憑什麼要給你讓路？」孔子的一個學生搶著說：「這位是孔先生，學問可大了，你怎麼不懂禮節？」

小孩站起來：「我不管什麼孔先生，你們這麼多大人怎麼都不講理？」孔子好奇地問：「我們怎麼會不講理呢？」小孩一邊指著地上的土城，一邊問：「你們說這是什麼？」。孔子回答：「是座土城啊！」小孩馬上說：「既然知道是座土城，那麼我問你：土城算不算城呢？是城給車馬讓路呢？還是車馬給城讓路呢？」

孔子一時不知道怎麼回答，跟隨的弟子更是目瞪口呆，只好牽著馬從土城旁邊小心翼翼地繞了過去。其實呀，這個小孩正是項橐，那時候只有七歲。孔子經過一番尋訪，發現用土城攔路的小孩就是自己要找的神童，非常感慨地說：「後生可畏，我應該拜你為先生啊！」

【成功心語】

項橐年齡雖小，思考問題卻嚴謹周密。無論是面對家人的調侃，還是孔子師生的質問，他都能找出證據充分的理由加以反駁，還讓對手找不到紕漏。這樣的智慧，絕對不是依靠一時的機警所得，其中潛心掌握的知識應當不少。

【字詞注釋】

橐（ㄊㄨㄛˊ）

【釋義】：古代冶煉時，用於鼓風的器具，即風箱。

○五一 十六歲博士戴憑

戴憑是東漢時期著名的學者，自幼喜好研究古代經典，十六歲就成為了「經學博士」。那時的博士與現在不同，是指朝廷任命的一種官職，負責掌管國家的典籍，肩負著傳授學問、培養人才的重任。而「經學」所指的古代經典，主要是指儒學十三經，包括《周易》、《尚書》、《周禮》、《禮記》、《儀禮》、《詩經》、《春秋左傳》、《春秋公羊傳》、《春秋穀梁傳》、《論語》、《孝經》、《爾雅》、《孟子》等。對於大多數人來說，全部讀完這些經典非常困難，戴憑卻在十多歲時就深入研究，並且融會貫通於實際生活，實在是難能可貴。

有一天，東漢光武帝召集群臣上朝，戴憑也在其中，但是他並不像其他博士那樣入席就座，而是背著手站在一旁。光武帝很奇怪，就問：「你為什麼不坐下來呢？」戴憑回答說：「那些博士對『經學』的理解都不如我，他們的座次卻都比我高，我不甘心，所以不願意坐在他們下面。」

光武帝微微一笑，就讓他上殿與那些博士進行辯論，一旦取勝，就可以取代那個人的座次。戴憑非常高興，立即對眾人展開了攻勢。別看他年紀小，才華卻相當了得，一連奪了五十多個人的座次。

光武帝任命戴憑做了侍中，常向他詢問國家大事的處理意見。很長一段時間，戴憑都是皇上身邊的紅人。這天，光武帝對戴憑說：「你現在做大官了，輔佐我處理朝政，應該盡心盡責，有什麼情況要及時向我彙報。」

戴憑心直口快，毫無顧忌地應和：「陛下啊，你有時太嚴酷了！」光武帝一愣，追問：「你這話什麼意思？」戴憑坦言道：「有個叫蔣遵的人，以前是太尉，才華橫溢，而且對國家忠心耿耿，本來應該被委以重任，卻被陛下囚禁起來了。天下人都覺得這是嚴酷的作法。」光武帝聽了非常惱怒，大罵：「你這個河南小子，想和蔣遵結黨營私嗎？」戴憑知道皇上好面子，連忙跪地磕頭，主動請求到監牢裡面去領罪。

沒多久，思前想後的光武帝覺得他說得有道理，親自去大牢將他請出來，還升了他的官。戴憑無限感慨地說：「我真是沒用啊，沒有勇氣以死勸諫聖上，只會胡說八道！」

【成功心語】

有智慧的人，不會甘心受到冷遇和不公，總會在恰當的時刻表達自己的要求，然後使它成為一個現實。而對於難度係數極大的挑戰，則運用獨特的柔軟對策加以控制，讓危害降到最低，從而皆大歡喜。

【名著簡介】

1、《尚書》：相傳由孔子編撰而成，是我國最古老的官方史書，是第一部上古歷史和部分追述古代事蹟著作的匯編，它保存了商周特別是西周初期的一些重要史料。

2、《周禮》：西周時期的著名政治家、思想家、文學家、軍事家周公旦所著，是一部通過官制來表達治國方案的著作，為儒家傳世經典。

3、《禮記》：中國古代記載典禮儀節的書，簡稱《禮》，也稱《禮經》、《士禮》。

4、《儀禮》：記載古代禮儀制度的著作，與《周禮》、《禮記》合稱「三禮」。

5、《春秋公羊傳》：戰國時齊人公羊高所著，也稱《公羊傳》、《公羊春秋》，是專門解釋《春秋》的一部典籍，採取問答的方式解經。

6、《春秋穀梁傳》：是一部《春秋》的注解典籍，採取問答的方式進行解釋。傳說孔子的弟子子夏將這部書的內容口頭傳給穀梁俶（也叫穀梁赤），由他進行書面傳承。

7、《論語》：儒家學派的經典著作之一，由孔子的弟子及其再傳弟子編撰而成。它記錄了孔子及其弟子言行，以語錄體和對話文體為主。

8、《孝經》：中國古代儒家的倫理學著，以孝為中心，對實行「孝」的要求和方法制定了嚴格而系統的規定，成書於秦漢之際。

9、《孟子》：由孟子及其弟子共同編寫而成的言論匯編，為儒家經典著作。

○五二——詠絮才女謝道韞

謝道韞是東晉時期的大才女，叔父為東晉著名的大將軍謝安。謝安在淝水之戰中運籌帷幄，指揮軍隊戰勝了十倍於自己軍力的前秦侵略者，成為了中國乃至世界軍事史上著名以少勝多的戰例。生活在顯赫的高門大族，謝道韞從小接受良好的教育。

有一天，謝家老小團聚飲宴。看著屋外紛紛飄落的雪花，謝安詩興大發，有心試一試孩子們的學問，就說：「大家想一想，誰能用一句生動形象的詩句來比喻這番飄雪的景象？」謝道韞的表哥搶先回答：「撒鹽空中差可擬」意思就是：「雪花啊，你就像空中灑滿潔白的鹽粒！」謝道韞抿嘴一笑，嬌怯怯地吟出：「不若柳絮因風起。」意思就是：「哥哥的說法不太好！不如說是，雪花啊，好像輕飄飄的柳絮被風兒吹起，漫天飛舞。」謝安一聽，忍不住連聲誇讚謝道韞。你瞧，她不僅準確地說出了飄雪的形態特徵，那一個看似簡單的「起」字，也恰如其分地表現了雪花飛舞的動態。從那天起，謝道韞的「才女」名聲就悄悄傳揚開去。千百年來，人們津津樂道於謝道韞關於柳絮雪花的對答。

等到謝道韞長大以後，嫁給了大書法家王羲之的兒子王凝之，丈夫在謝安的推薦下做了會籍郡的軍政首腦。後來，孫恩率領海盜攻打會籍，老實敦厚的王凝之沒有什麼指揮戰鬥的才能，從而疏於防守，導致城破人亡。謝道韞因為生活在大將的家族裡面，自小養成了一種頑強不屈的性格。面對滿城的追殺，謝道韞臨危不懼，成功說服孫恩等惡人，順利逃到了城外。

曹雪芹也在《紅樓夢》中借用這一典故，讓「堪憐詠絮才」的句子出現在金陵十二釵正冊中。

【成功心語】

所謂才女，除了風花雪月的浪漫精緻，還是一種處事的不卑不亢的態度。謝道韞在幼年時能夠體會唯美的景致，成人後也能繼續那樣的智慧和勇氣，讓生活可以有效把控。

〇五三——李清照填詞驚客

李清照是南宋時期著名的女詞人，號易安居士。她的父親李格非是蘇東坡的學生，很有文采，是當時四大學士之一；母親是狀元的女兒，滿腹經綸。出生在這樣的書香門第中，李清照受到良好的藝術薰陶。

四歲的時候，李清照就開始認字，五歲時閱讀完了《詩經》和《楚辭》這兩部中國古代最偉大的詩歌集，甚至能背誦其中的很多篇章。十歲的時候，父母開始教授她填詞作詩。小小李清照很有天賦，不僅對各種詞牌的音韻格律掌握得很快，而且對詩歌所要表達的思想內涵、遣詞造句以及組織篇章的起承轉合都能神會，運用起來得心應手。

李清照做事非常認真，每次創作完成以後，都要反覆修改，直到自己滿意了，才會拿出來給父母看。正是因為這種嚴謹的作風，李清照在十五、六歲時就聲名遠揚。

有一天，父親邀請了一些文壇好友在家裡飲宴。大家一邊吃喝，一邊談詩論文，十分盡興。歡聲笑語之餘，眾人突然聽到一陣稚嫩的女孩聲音，似乎在吟唱一首詞，不由得安靜下來。原來，李清照正在後院反覆吟誦自己的新作《浣溪沙》：「小院閑窗春色深，垂簾未卷影沉沉，倚樓無語理瑤琴。遠岫出雲催薄暮，細風吹雨弄輕陰，梨花欲謝恐難禁。」

仔細聆聽起來後，大家都覺得這首詞清新脫俗，別有情趣，紛紛追問：「這首詞太美妙了，請問是誰的大作啊？」李格非淡淡地回答：「見笑了，是我家小女鬧著玩的！」著名的大詞人晁補之也在賓客中，禁不住大吃一驚，問道：「真是你女兒做的嗎？」李格非見眾人有些懷疑，也不多解釋，招呼女兒出來拜見客人。話音剛落，一個氣質高雅的小女孩走出來，手中詞稿的墨蹟還沒有乾透，散發著陣陣幽香。

面對眾人的提問，李清照回答得句句精彩。晁補之喜愛李清照的才華，大加讚歎說：「令嬡不是尋常女子啊！未來不可限量！」

很多年過去了，當年的小姑娘逐漸成熟了。沿著一條奇特的道路，她艱難而唯美地書寫著「易安體」，開創了稱為婉約派的浪漫領域，永遠被傳頌。

【成功心語】

李清照能在成年以後，繼續堅持幼年時期被發掘出來的天賦，然後給予它極大的發展，非常值得後人學習。要知道，理想是一個很嬌弱的種子，必須得到意志的支持才能茁壯發芽。一旦失去持續的努力，沒有誰能讓兒時聰穎一直成為過人的優勢。

○五四——蘇軾十二歲巧改詩詞

蘇軾是北宋時期的大文豪，著名的詩詞家、書法家、畫家，與父親蘇洵、弟弟蘇轍並稱為「三蘇」。蘇軾曾經自號「東坡居士」，所以後世人也叫他蘇東坡。

蘇東坡六歲才開始上學，在所有的孩子中表現突出，很受先生的器重。經過一段時間的學習，蘇軾不僅通曉古代典籍，而且對句、詩詞樣樣出色，尤其擅長在北宋時期特別流行的長短句，就是詞。他的興趣愛好廣泛，不僅對古文而且對古文字也有涉獵，曾經下過一番功夫考校金文、石鼓文等。小小蘇東坡能有這樣的成績，自然受到身邊人的追捧。

成天被包圍在讚揚中，年僅十二歲的蘇東坡不禁有些驕傲自大，信手寫下一句詩詞：「識遍天下字，讀盡人間書」，口氣十分狂妄，並且作為對聯貼在門前。

第二天，一個白髮老者到眉州蘇家登門拜訪，蘇軾熱情接待了他。老人家非常虛心地拿出一本書，向蘇軾求教說：「我已老朽，想請你幫我講解書上的內容。」蘇軾接過書一看，頓時傻眼了。原來呀，這本古書上的文字彎彎曲曲，像蝌蚪一樣，他一個也不認識。蘇軾自言自語「難道，這就是傳說中的上古時代的蝌蚪文嗎？」老人搖搖頭，說：「我不懂呢！所以來求教你這個識遍天下字的能人！」蘇軾滿臉通紅，恭敬地將書還給老人，深深地鞠了一躬說：「老人家，我錯了！我知道該怎麼做了。」老人點點頭，微笑著離開了。

蘇軾立即拿出筆來，把門前的詩句修改了一下，寫為：「發奮識遍天下字，立志讀盡人間書」。從此以後，這句話成為他的座右銘，陪伴他成為一代大文豪。

【成功心語】

聰明能幹的人，最容易被自己獲得的讚賞拖累，最後耗盡過人才華。蘇東坡悟性甚高，在老人的旁敲側擊下認清自我，勇敢修正錯誤。瞭解外顯的優勢，也瞭解潛藏的不足，才讓自己得以繼續成長。

【詩詞欣賞】

水調歌頭　蘇軾

明月幾時有，把酒問青天？不知天上宮闕，今夕是何年？我欲乘風歸去，惟恐瓊樓玉宇，高處不勝寒，起舞弄清影，何似在人間？

轉朱閣，低綺戶，照無眠。不應有恨，何事長向別時圓？人有悲歡離合，月有陰晴圓缺，此事古難全。但願人長久，千里共嬋娟。

【釋文】

明月幾時出現？我舉杯遙問青天。不知道天上的瓊樓玉宇，今天是哪一年？我真想乘風看看，又怕天上寒冷無法久居。與其飛往高寒的月宮，還不如留在人間，在月光下獨舞，讓孤寂陪伴。

夜深了，我回到了屋子裡，靜靜的看著月光緩緩的轉過朱紅色的樓閣，滑進精緻的小窗，並且照在我這個沒有睡意的人身上。月圓人不圓，是一件多麼遺憾的事啊！但月亮也是無辜的，它時而圓時而缺，人也有分離和相聚。但願所有的人團聚，千里之內共賞明月。

〇五五——諸葛亮餵雞

足智多謀的諸葛亮字孔明，又叫臥龍先生，幫助劉備建立了蜀漢政權。

小的時候，諸葛亮跟隨著名的水鏡先生司馬徽學習。他讀書非常刻苦，可以說是絞盡腦汁。因為勤學好問，諸葛亮深得先生和師母的喜愛。

因為沒有鐘錶，當時的人們都是用日晷來計時。但如果遇到陰天或者下雨，計時就可能出現不便。為了規範上下課時間，司馬徽馴養了一隻蘆花雞，並定時餵食。等到蘆花雞感覺餓而咯咯大叫的時候，就該下課了。諸葛亮很喜歡聽先生講課，總想能夠再延長一點時間。他發現了先生總是根據蘆花雞的叫聲來決定去留，就想出了一個辦法。

上課的時候，諸葛亮在身上帶了一些碎米。等到下午太陽要落山，也就是快要下課的時候，諸葛亮偷偷餵蘆花雞碎米。蘆花雞意外得到零食，肚子吃得飽飽的，自然就閉上嘴巴撒歡。司馬徽沒有聽到「下課鈴」，就一直講啊講啊，小諸葛亮也聽得津津有味！

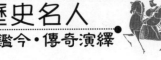

一連幾天，司馬徽發現蘆花雞都沒有按時「工作」，自己一直講到天都黑了還不能休息，禁不住連叫奇怪。他在暗中仔細觀察，馬上就發現了諸葛亮的小動作。司馬徽非常生氣，大聲問：「誰知道我的雞為什麼不叫了嗎？」孩子們面面相覷，誰也不敢多說話。小諸葛亮不想連累同伴，站起來說：「先生，是我餵了它！」司馬徽非常生氣，一邊批評諸葛亮三心二意，不能認真學習，一邊將他趕出了自己的學堂。

諸葛亮非常傷心，跑去向師母承認錯誤，抽泣著說：「我就是想多聽先生講一點！請你們原諒我！」師母明白他的良苦用心，幫著給先生解釋求情，司馬徽這才消除了怒氣，讓這個嗜書如命的孩子回到了身邊。

【成功心語】

為了能夠學習更多的知識，諸葛亮竟然「賄賂」好吃的蘆花雞，讓先生無法準時下課，可算是一個有趣的笑談。對於有意願深入學習研究的孩子來說，偶爾出一點怪招，讓目標得以順利實現，還是很值得人們效仿。

○五六——曹沖智秤大象

曹沖是東漢末年大梟雄曹操的小兒子，從小聰明伶俐，深得曹操喜愛。雖然他在年僅十三歲時就夭折了，但是對很多人來說，認識曹沖卻是在曹操之前。

東吳為了討好曹操，送給他一頭大象。那個時侯，中原地區沒有這種體形巨大的動物。當大象被船運送到許昌，曹操帶著很多官員去迎接，五、六歲的曹沖跟在父親身邊。好奇的百姓聞訊趕來，岸邊萬頭攢動。

猛然間看到龐然大物時，人們不禁嚇呆了。它的身體像巨大的銅牆，四條腿有房屋的柱子那麼粗，耳朵就像是大蒲扇。當大象走上岸時，地面似乎都被震動了。人們好奇地瞪大了眼睛，紛紛猜測大象的體重。曹操也很興奮，也想知道答案。

可是誰知道大象的體重呢？大臣們嘀咕著出主意。

有一個人說：「這個好說，可以造一杆大秤！」可是馬上有人反駁：「誰又能提得動大象呢？況且，大象是個動物，並不會聽從人的指令，乖乖坐在秤盤上，一動不動等人來秤量。」這個方法很快就被否定了。又有一個人說：「乾脆，把大象砍成一塊一塊的，分別秤一下就行了。」這個提議馬上遭到眾人的鄙視，異口同聲回答：「為了知道大象的重量就把它殺了！真是一個蠢貨的短見！」

就在意見紛紜不一的時候，小曹沖蹦蹦跳跳地站出來說：「要想秤大象，動動腦子就可以了！好簡單的！」曹操又驚又喜，連忙問：「小傢伙，你有什麼好辦法？」曹沖對著父親講出了自己的計畫，曹操連聲叫好，吩咐兵士照著做。

士兵將大象牽引著，帶到一艘船上站立。等船停穩以後，在吃水線的地方沿著水面畫一條線，然後把大象牽上岸，這時候船就會浮起來不少。緊接著，士兵往船上裝石塊，船一點點往下沉，直到吃水線和船舷上畫的線持平為止。最後，士兵把船上的石頭一塊塊秤量出來，加起來就是大象的重量。

年幼的曹沖能急中生智，利用了排水量的原理秤出大象的重量，真的是非常聰明啊！

【成功心語】

人們在解決問題的時候，很容易被一些表面的困難約束，甚至得出可笑的方案。而曹沖打破那些自我設定的障礙，將複雜的難題簡單化，實在是善於思考的典範。

○五七——黃琬觀日食

黃琬是東漢時期著名的大臣，為人正直且多謀略。在董卓專權的時候，時任太尉的黃琬與司馬王允合作，用計除掉了這個禍國殃民的大奸臣，為天下立了功勞。

黃琬幼年喪父，一直跟隨祖父黃瓊相依為命。祖父疼愛這個聰明伶俐的孫子，走到哪裡都要帶上他。黃瓊在河北與山東交界的魏郡當太守，黃琬也一起到那裡。

西元一四七年，也就是漢桓帝當政的建和元年，魏郡發生了一次日食。根據現代科學的推斷，那應該是在春節之後不久發生的一次日偏食。現在人們都知道，太陽、月亮和我們居住的地球各自有不同的運行軌道。當月亮運行到太陽和地球之間，由於月亮遮擋了太陽，就形成了日食這個天文現象。但當時的人們無法理解，認為是重要事件的預兆，世間眾說紛紜。

魏郡十幾個縣都看到了這種壯觀的天文現象，消息很快傳到朝廷。太后非常感興趣，就傳召黃瓊進京彙報。黃瓊愛孫心切，將年僅五歲的小黃琬帶著來到京城，請求一起覲見，太后欣然點頭。

太后看到黃瓊身邊跪著一個小不點，就問：「這就是你的小孫子啊，多大啦？」黃瓊回答說：「已經五歲了」。太后又問：「聽說你們魏郡出現了日食，究竟是怎麼一番景象呢？是不是也像天狗吃月亮一樣啊？」

黃瓊雖然也看見了日食，但是一時想不起怎樣形容當時的情景，急得滿頭大汗。旁邊的小黃琬看見了，輕輕拽了拽祖父的衣角，小聲說：「您就說，像是月初的上弦月啊。」

黃瓊這才恍然大悟，連忙回答說：「真的就有點像天狗吃月亮，不過太陽沒有被完全吃下去，還剩下一部分，樣子就像是月初時候的上弦月，而且光線也不那麼刺眼了，看上去就像是月亮的亮度差不多。」

太后聽了，哈哈一笑，說：「看來是太陽比月亮大得多，天狗吞不下去吧！可是，剛才你的小孫子跟你說什麼啊？」黃瓊不敢撒謊，趕緊照實回答。

太后聽了，連聲誇讚小黃琬機智聰明，還賞賜了他很多禮物。

【成功心語】

可能就是因為是成人，常常在顯赫的大人物和嚴肅的場面中丟了自信。小黃琬的可貴之處就在於，他沒有被外在的威嚴震懾，實事求是地表述自己的所見所聞，化解了祖父的尷尬。這樣的冷靜和沉穩，難道不值得成人仔細品味嗎？

〇五八——文彥博灌水取球

文彥博是北宋時期著名的政治家，曾經在宋仁宗時期做到宰相的位置。從小到大，他遇事都很冷靜，善於分析問題和解決問題，十分果斷有力。

有一天，小文彥博和一些同伴在花園裡踢「蹴鞠」。蹴鞠有點類似現代的足球，早在戰國時期就出現，是北宋時期非常流行的一種遊戲。進入唐朝的時候，蹴鞠就已經是皮質的，裡面填上充氣的動物尿泡，既輕巧又好用。孩子們玩得很高興，把球踢來踢去，相互追逐打鬧，笑聲不斷。突然，一個孩子把球踢進了一個樹洞裡面。樹洞是一株老樹的樹心被蛀蝕以後形成的，又窄又深，球一掉進去，咕嚕嚕地就滾到了洞底。孩子們看得見摸不著，一個個七嘴八舌地出主意。

幾個孩子找來長一點的樹枝、竹竿，但是皮球圓溜溜的，樹洞裡面又很狹窄，根本沒有辦法把球弄出來。大家非常沮喪，開始埋怨那個把球踢進樹洞的小朋友。那個孩子十分委屈，傷傷心心地哭了起來。

文彥博把腦門一拍，笑眯眯地說：「好了，我有辦法了！大家快去提水來！」孩子們的情緒不高，又不知道他葫蘆裡面賣的什麼藥，自然不願意去。文彥博巴著眼睛說：「不要耽誤時間了！只要水足夠多，我保證馬上把球弄出來，大家再一起踢球！」孩子們知道文彥博一向聰明機靈，也不再懷疑什麼，趕緊回去拿著小桶木勺去提水。文彥博也沒有偷懶，樂呵呵地參加了提水大軍。

聽從文彥博的指揮，孩子們將水灌到樹洞裡面。不到一會兒功夫，皮球就跟著上升的水，慢悠悠地浮了上來。大家拿到皮球，高興得手舞足蹈，連聲誇讚小文彥博聰明機智。

【成功心語】

當困難發生的時候，不抱怨不蠻幹，積極地思考有效的解決方案，才能把棘手的問題消除。文彥博放棄傳統思路，借用水的力量解決大家束手無策的難題，確實是相當能幹啊！

【成功心語】

蹴（ㄘㄨˋ）鞠（ㄐㄩˊ）

【釋義】：一種古代的踢球遊戲，類似現今的踢足球。

〇五九——孔融讓梨

孔融是東漢時期的大文學家，出生在山東曲阜，是孔子的第二十代子孫。孔融從小聰明好學，四歲就能背誦很多詩辭，也學會了很多禮儀。他對父母孝順，對兄長尊敬，對弟弟愛護，深受家人的喜愛。

有一天，父親端出一盤梨，讓孔融兄弟們自己挑選。最小的弟弟最先選，他挑了一個大梨，津津有味吃起來。輪到孔融了，他卻挑了一個小梨。父親奇怪地問：「你怎麼選個小的啊？」孔融回答說：「我是小孩子，當然吃小的，大的留給哥哥吧！」

父親又問：「弟弟比你小，他為什麼吃大的？」孔融回答說：「因為我比弟弟大，應該讓著他，所以弟弟本應該吃大的啊！」父親很感動，連聲誇讚孔融是個謙讓懂禮的好孩子。在《三字經》中，這個有趣的故事被濃縮成「融四歲，能讓梨」，成為孩子們的學習榜樣。

孔融不僅有禮，而且非常聰明。十歲那年，孔融跟隨父親到了洛陽。洛陽太守李膺是一個很有學問的人，孔融非常仰慕他，決定獨自前去拜訪。

李膺性格孤傲，不輕易見外人。他吩咐手下說：「除非我邀請來的，或者重要的客人，其餘一律不見。」小孔融來到李府求見，自然吃了閉門羹。

守門人對孔融說：「小孩子，你沒有請帖，還不快快回去！」孔融不甘心就此打道回府，急中生智說：「你怎麼這樣無禮，快去通報，說你們老爺的通家之好來了！」在古代，「通家之好」就是兩個家族幾代人都是好朋友的意思。守門人看他說得有模有樣，不敢怠慢，只好進去通報。李膺聽了很奇怪，一邊嘀咕自己好像沒有什麼世交的孩子要前來，一邊還是客氣地請孔融進府相見。

李膺見到孔融，卻是一幅陌生面孔，便有些生氣地問：「你是誰家的孩子，怎麼冒充我的通家之好呢？」孔融毫無膽怯，大大方方地走上前，笑著回答：「李大人的祖上想必是老子李耳，我的祖上是孔子。孔子曾經向老子請教學問，他們兩人早就是好朋友了。如此說來，我們兩不是通家之好嗎？」李膺聽了哈哈大笑，對孔融的機智讚歎不已，欣然邀他上座。

【成功心語】

推己及人，寬容禮讓，是小孔融最讓人感動的品德。沒有任何人要求，也沒有任何人教導，他就能從自發的愛兄惜弟出發，將本可以屬於自己的好東西拿出去分享，發自內心的感到喜悅。這樣的無私和感恩，足以成為後世千年的好範本。

〇六〇——小進士晏殊

晏殊是北宋年間著名的大詞人，其作品含蓄典雅，被認為是婉約派詞人中的「四大家」之一。他不僅自己在文學上有很深的造詣，而且在為官期間特別注意提攜年輕人。北宋著名的文學家范仲淹、歐陽修等，都是他發現並舉薦出來的。

晏殊小時候念書很厲害，可以說是一目十行，過目不忘，被人們稱為神童。當時的丞相張文節聽說以後，特意將十四歲的晏殊從臨川接到京城，向皇帝舉薦。晏殊來到京城，正好遇到宋真宗在進行殿試。所謂殿試，就是皇帝親自出題考驗參加科舉的舉人。一旦回答完美，就能過關成為進士。

聽說宰相帶了個神童回來，宋真宗就讓小晏殊也一起參加殿試。

華美莊嚴的宮殿中，宋真宗端坐龍椅，不苟言笑。下面跪著烏壓壓的一群學子，大部分都是青年才俊，也有的頭髮都花白了。

宋真宗讓太監把自己親自擬好的題目分發下去，要求眾人按要求做賦。「賦」這種文體，有點像散文，主要是抒發自己對事情的看法和感想。

碰巧的是，晏殊不久前剛做過與皇上命題一樣的文章，占據極大的優勢。但出人意料的是，晏殊並不想獲取有失公允的勝利，竟然站起來說：「請皇上重新給我出一道題目吧！十天前，我剛做過這個！」

宋真宗很驚訝，也很佩服小晏殊的誠實，就給他一個人單獨出了一道題。

等到眾人紛紛交卷，小晏殊也一氣呵成。他的答卷不僅字跡俊美，而且文采斐然，宋真宗當即欽點他為進士。不久，晏殊就開始進入仕途，一直做到禮部尚書、兵部尚書，還封為臨淄公。

晏殊在做官期間也不忘繼續研究學問，寫下了很多膾炙人口的詩詞，最著名的有《浣溪沙》裡的兩句：「無可奈何花落去，似曾相識燕歸來。」

【成功心語】

上不昧天，下不昧地！在無人知曉的情況下，晏殊本可以合理搶跑，占盡優勢，他卻執拗地向皇上表明心意，堅決放棄了這樣的恩賜，究竟算是愚鈍還是聰明呢？事實上，不欺良心的誠實是一枚善果，讓他因為這樣的堅持而享受更多的尊崇。

【詩詞欣賞】

浣溪沙

晏殊

一曲新詞酒一杯，去年天氣舊亭台，夕陽西下幾時回，無可奈何花落去，似曾相識燕歸來，小園香徑獨徘徊。

【釋文】

寫一曲新詞，喝一杯醇酒，忍不住想起去年的這個時侯這個地方，仿佛還在亭臺上觥籌交錯，語連連，曲音飄繞。太陽落下了，年華韶光不再存在。沒有任何辦法，只能看著美麗的花瓣徐徐落下。燕子飛來，身影依舊，卻不是從前那一個。而小小的園子裡，開滿花的小路依舊。

○六一　「小軍師」孟珙

孟珙是南宋時期著名的軍事家，出生在一個將門世家，曾祖和祖父都是岳飛手下的大將，父親也是抗擊金兵入侵的將軍。孟珙從小耳聞目睹，受到很多軍事方面的訓練。他特別喜歡打仗的遊戲，平時總是帶著周圍的孩子扮演不同的部隊，帶著他們展開模擬戰爭。

隨之時間流逝，小孟珙漸漸長大，到十來歲的時候，父親就常常把他帶在身邊出征。戰鬥前後，父子一起討論對敵的策略和得失，孟珙常常會給出意想不到的獨特見解。

有一次，金兵大舉進攻南宋的襄陽城，孟珙的父親帶著他率領軍隊前去阻擊。在接近襄陽的地方，父親下令部隊安營紮寨，勘察地形，做好迎戰的準備。小孟珙拿著地圖仔細研究一番以後，又到軍營外面的實地進行了考察。回到軍營，孟珙建議說：「我看這次金兵一定會從羅家渡口過河，我們應該在那裡埋伏精兵，來一個以逸待勞，殺他們措手不及。」

父親也對戰事進行過一番研究，不同意孟珙的說法，爭辯道：「這次金兵人數眾多，耀武揚威地殺過來，一定會從正面進攻，不會從旁邊偷襲的。」

孟珙胸有成竹，覺得自己的分析不會錯，就繼續勸說父親：「您難道看不出來嗎？現在金兵的聲勢已經沒有從前那麼強大了。從他們行軍的速度可以發現，他們心裡沒有底。況且您這次帶來重兵增援，金兵一定得到了消息，他們不敢強攻的，一定會從羅家渡口偷襲！」

父親有些動搖，但下不了決心，為難地說：「如果我們把主力部隊放在一旁的羅家渡口，而敵人卻從正面發動進攻，我們不是要擔負救援不力的責任嗎？」

孟珙哈哈大笑，衝著父親一眨眼，俏皮地說：「沒有關係，我們做好兩手準備就行了。把主力放在羅家渡口埋伏，在正面戰場虛設營寨，做出大部隊在那裡的樣子，並且準備好煙火信號。如果敵人從正面進攻，看到我們已經做好準備，一定會先安營紮寨，那時候用煙火信號通知羅家的部隊調動過去，正好可以在敵人的背後。這時候，只要和襄陽城的軍隊來個裡外夾擊，一定可以戰勝敵人。」

父親聽了以後，連聲誇讚小孟珙考慮周全，就按照他的建議進行了佈置。果然不出所料，金兵從羅家渡口發動了偷襲，結果被孟珙父子安排從天而降的奇兵，殺得金兵丟盔卸甲，狼狽逃竄。

【成功心語】

知己知彼才能百戰不殆！孟珙並不紙上談兵，而是掌握了牢固的兵家常識，還善於分析實際的戰場局勢，進退都有周到詳細的安排，實在是虎門將子啊！

○六二——徐文長難倒賣太師

徐文長就是徐渭，是明朝中國著名的大畫家。他一生反對因襲前人，主張求新，尤其擅長潑墨寫意花卉。二零零七年的北京拍賣會上，他晚年的作品《墨花圖卷》開出高價。

從小到大，徐渭的骨子裡就有一種叛逆，和對世俗權威的極端蔑視。如果遇到欣賞他的人，會讚揚他處事特立獨行，卓爾不群；如果遇到不喜歡他的人，就要批評他為人清高刻薄，孤芳自賞。所以啊，徐渭在大多數人眼裡都顯得不怎麼合群。

有一年，當朝蔣老太師到徐渭的家鄉浙江紹興主持會考。老太師學貫古今，御賜金匾「天下無書不讀」。這次奉旨巡考的儀仗中，當然少不了讓這塊金字招牌隨行。

徐文長年輕氣盛，看不慣這種張揚招搖的架勢，故意袒胸露腹躺在官道中間，攔住了蔣太師的隊伍。老太師見他是一個小孩子，也沒有派人強行將他趕走，輕言勸說：「小娃娃，你躺在這裡幹什麼？難道不怕太陽烤壞了身子嗎？」

徐文長懶洋洋地抬起眼皮，瞥了一眼太師，不急不慢地回答：「我不怕呢！太陽大，我正好曬一曬肚子裡的萬卷詩書。」太師聽他口氣強硬，忍不住童心大發，決定考驗他一番，就說：「你既然飽讀詩書，我出個對句考考你。如果答不上來，就請讓開道路。」

「好啊！」徐文長一骨碌爬起來，「太師大人雅量！如果我答出你的對子，你又該怎麼樣做呢？」太師一愣，脫口答道：「如果你對得天衣無縫，我就把全部儀仗放在這裡，獨自走著去學館。」徐文長點頭答應。

老太師的題目是「南街三學士」，指的是紹興南街上有名的三個閣老台。徐文長立即對答「東郭兩軍門」，說的也是紹興的名勝。無論音韻，還是格致，都對得嚴絲合縫。圍觀的眾人發出喝彩，老太師不由得也讚歎起來。

徐文贏得順利，便步步緊逼著追問：「太師的金匾是什麼意思啊？」太師沒有防範，得意地回答：「這是皇上對老臣的褒獎！」

徐文長陰陽怪氣地問：「無書不讀？那麼，《時建書》總該讀過吧？」

「小娃娃搞怪！哪裡有什麼《時建書》？」太師不僅沒有讀過這本書，連名字都沒有聽過呢，一時間面紅耳赤，「你拿出來給我看！」

「所以說，不要把話說得那麼滿！」徐文長不慌不忙地遞過一本《萬年曆》，然後流利地背誦起來。太師這才恍然大悟，紹興人把《萬年曆》又叫做《時建書》。

太師也算是一個言而有信的老者，儘管不服氣，還是依照約定獨自走向了學館。徐文長不肯甘休，跳著雙腳，笑眯眯地提醒：「天下才子出浙江，浙江才子出紹興，老太師，當心啊！」氣得太師差點暈厥過去。

徐文長雖然學識淵博，但在當時的科舉考試中難以如意。在他中晚年的時候，因為悲憤痛苦而出現九次自殺。最慘烈的是，他一次用斧子砍自己的腦袋，弄得滿頭鮮血，一次將鐵釘扎進耳朵，深入寸許。幸運的是，他竟然奇跡般活了下來，繼續著自己極具悲劇性和傳奇色彩的生活。

【成功心語】

才子歷來多自傲，善於打破別人不真實的狂妄。徐文長的幽默才華贏得世人哈哈大笑，卻在另一些時刻給人啟示：太過咄咄逼人的智慧，是不是也會給自己帶來諸多陰暗，譬如無法伸展的抱負而痛苦終生呢？

〇六三——少年吳王斷冤案

少年吳王，指的是孫權的兒子孫亮。他在十五歲的時候繼承王位，所以得到這麼一個稱謂。別看他年紀小，處理起事情來一點也不幼稚，還格外老成持重。

烈日炎炎的夏天，孫亮正在御花園遊玩，突然覺得口渴起來，就吩咐身邊的太監李公公去取一罐蜂蜜浸泡的梅子來解暑。不一會兒，李公公把蜜浸梅子送來了，孫亮打開蓋子一看，裡面竟然漂浮著幾粒黑乎乎的老鼠屎。孫亮非常生氣，連聲責怪起來。李公公很恐慌，一邊認錯，一邊大聲抱怨：「這些負責倉庫管理的官員真是不像話，應該抓起來殺頭！」

孫亮罵歸罵，卻也沒有喪失理智。他擺擺手，淡淡地說：「為了這麼點小事就殺人，實在太不值得了。」

李公公連忙附和說：「主上真是英明！不過，那個看守倉庫的官員如果沒有受到責罰，恐怕其他人也會像他一樣辦事不專心的。」

「說得有道理！是要給一些懲罰……」孫亮正想下令，突然看到李公公露出一絲難以察覺的陰笑，便改了口風，「把那個看守倉庫的傢伙帶上來！」

面對嚴厲的指責，負責看管倉庫的官員臉色蒼白，只顧著磕頭如搗蒜，一句話也說不出來。孫亮皺緊眉頭，繼續呵斥：「看來，你真的是怠忽職守，應該殺頭！」管理員大汗淋漓，拼命磕頭求饒。他膽怯地抬頭看了一眼孫亮身邊的李公公，趕緊又低下了頭，嘴裡悲哀地爭辯說：「小人冤枉啊！我每天勤勤懇懇，倉庫裡從來沒有出現過老鼠。大王不信，可以派人去看庫房裡的其他梅子，絕對是乾乾淨淨的！」

孫亮也不多說，立即派遣另外一個太監去取拿梅子。等到罐子被打開，果然是清澈透亮，裡外都很乾淨。孫亮心裡隱約有了主張，讓管理員起身，說：「這裡面一定有蹊蹺！現在我給你做主，你趕快說出實話！」管理員有了靠山，果然說出了一個驚天大秘密。太監李公公貪婪跋扈，經常在殿堂各部門討要大小好處。看管倉庫的官員不敢隨意取拿皇宮財物，斷然拒絕了他。李公公懷恨在心，藉著給吳王取拿梅子進行報復。

太監李公公被人揭穿，馬上跪下來大喊冤枉，請求重新審查。孫亮笑著說：「這好辦，如果老鼠屎是早就在罐子裡，一定被蜂蜜浸透，如果是才放進去的，一定是外面濕潤，裡面乾燥。」孫亮讓人掰開老鼠屎，裡面全都是乾燥的。李公公害人不成終害己，頓時啞口無言，癱軟在地上一動不動！

【成功心語】

洞察人世真情，除了用眼睛，還必須加上一顆玲瓏剔透的心。孫亮本不是嚴苛之人，能從太監不經意的表情中體認到異常，再根據經驗分析出一段隱瞞的冤情，這樣的機警可算是一流智慧！

○六四——康熙帝智除鼇拜

康熙本名叫做愛新覺羅．玄燁，是滿清順治皇帝的第三個兒子。康熙皇帝在位六十一年，是中國歷史上在位時間最長的皇帝。他政績卓越，開創了大清繁榮昌盛的局面。

順治帝臨終前，給不到八歲的康熙留下四位誥命大臣，輔佐治理國家。誥命大臣中的鼇拜是武將出身，仗著自己戰功赫赫，武藝高強，號稱滿洲第一勇士，又有順治帝的遺詔，不但排擠其他誥命大臣，還很輕視年幼的康熙皇帝。有時候，他竟然敢在朝堂上對康熙晃動拳頭，就像嚇唬尋常孩子那樣，完全不顧君臣禮儀。

幾年下來，四個誥命大臣只剩下鼇拜。在新年的百官朝拜中，他竟然穿著黃袍，和康熙皇帝一樣，只不過是帽子上的裝飾略有不同罷了。年幼的康熙看在眼裡，急在心裡，希望儘快剷除這個威脅。

十四歲的康熙皇帝親政，但處處受到鼇拜的制約。康熙很清楚，鼇拜已經在朝廷裡面培植了很多黨羽，如果不能用迅雷不及掩耳的雷霆之勢把他扳倒，後果不堪設想。

康熙皇帝雖然年幼，思考起大事卻非常嚴謹。他一面表示出對鼇拜的尊崇，一邊在十多歲的少年衛士中挑選身強力壯的留下，對外宣稱陪著自己練習「布庫」，就是滿族的一種摔跤。鼇拜覺得是小皇帝的一種遊戲，根本沒有多慮。

每天，康熙都會去督促衛士們練功，特別是著重練習圍攻戰術，直到他覺得滿意為止。等到時機成熟了，康熙就開始逐步把鼇拜的黨羽調出京城，自己派親信掌握了京城的防衛武裝，這才下令召鼇拜進宮。鼇拜依然囂張得意，毫無防備地前來了。

鼇拜剛一進門，低頭敬禮。康熙一聲令下，少年衛士們一擁而上，扭胳膊絆腿就把鼇拜按倒在地上。鼇拜雖說是武藝高強，但好漢難敵四手，在眾人的圍攻下乖乖就擒。

從此以後，康熙擺脫了權臣的羈絆，將國家大權牢牢掌握在自己手上。

【成功心語】

康熙大帝的安排，可謂是四兩撥千斤！如果與勁敵正面衝擊，弱勢的一方根本沒有還手之力。但巧妙喬裝自己已經茁壯，借用謹慎的計謀和策劃，打敗不可一世的對手的機率則提高了很多倍。

〇六五——神童張蘭巧對女皇

張蘭是唐朝的一位女神童，生活在武則天當皇帝的時代。她從小學習詩書禮儀，十三歲時就可以和大人一起吟詩作對。

因為武則天女皇在位，對女子教育特別重視，不僅讓她們有和男子一樣的學習機會，還會從中選拔出類拔萃的人物出來做女官。張蘭的事情傳到朝廷以後，武則天下旨將她帶到京城，要親自見一見這個小神童。

小張蘭出生在河北宣化的小村落，首次見到那麼寬敞熱鬧的街道，擁擠熱情的人群，繁華密集的商鋪，心裡甭提有多高興了。父親是一個老實的鄉下人，既希望女兒在皇帝面前展露才華，受到嘉獎，又害怕小孩子突然出差錯，受到責罰，所以處處都要叮囑女兒小心，顯得格外緊張。

小張蘭倒很坦然，見到女王也沒有露出膽怯的神情，落落大方地行禮問好。武則天很喜歡這個眉清目秀，口齒伶俐的女孩，說：「民間盛傳你很有文采，朕給你出個上聯，你給對個下聯，讓我見識一下！」張蘭羞澀地點點頭。

武則天的上聯是「河裡荷花，和尚掐去何人戴？」

對句是古代文人的基本功，孩童的啟蒙教育就有這項練習，如「天對地，雨對風，落日對長空」，不僅講究聲韻的契合，還要求詞性對仗和意境的統一，反映的是文人綜合表達能力。就拿武則天這個上聯來說，一連用了四個同音字，音同字不同，意思更是不一樣。按照對句的要求，下聯也要在相同的位置使用四個同音字，意思還要有關聯才算妥貼。

大殿上靜悄悄的，誰也不敢輕易發出一點聲響。就在眾人還苦苦思索時，小張蘭眉眼一轉，給出了答案：「情凝琴弦，清音彈給青娥聽。」

這個下聯不僅對仗工整，而且還巧妙運用典故，暗中奉承了武則天。原來，唐代大詩人杜甫的祖父杜審言有一首詩中寫道：「紅粉青娥映楚雲」，其中用青娥代指美麗的女性。威嚴懾人的殿堂上，小張蘭用青娥來比喻同是女兒身的武則天，頓時贏得一片喝彩。

武則天果然龍顏大悅，當即賞賜了小張蘭很多物品。

【成功心語】

女王也是人，毫無例外地喜歡聽到肯定自己的美言。且不說張蘭的對仗多麼工整，單就她懂得將威嚴神聖的女王鑲嵌在動人的詩句中，你不得不對她呈現出來的智慧刮目相看。以情動人，是短時間內要促成理解並獲得欣賞，必須掌握的技巧！

○六六——博學徐稚以錯改錯

徐稚是東漢時期的一位經學家，崇尚「禮讓恭儉，淡泊明志」，一生不願做官，卻樂於幫助他人。徐稚自幼天賦極高，讀書非常用功，是一位博學多識的學子，被人們稱為「布衣學者」和「南州高士」。

有一次，徐稚到當時的大儒郭林宗家裡去作客。郭林宗又叫郭泰，學識淵博，被李膺讚歎為他所見過的最有學問的讀書人。

小徐稚剛一走進大門，就聽到院子裡傳來熱火朝天的聲音。他好奇地走過去一看，郭泰背著手站在牆邊，正在指揮一群人砍伐園子中間的一棵大樹。有幾個男子用繩子捆住樹身，兩個強壯的青年正用斧子在靠近樹根的地方使勁砍伐。一些翠綠的枝葉震落下來，就好像是掉下了傷心的眼淚。

看到枝葉繁茂的大樹就要被毀掉了，小徐稚覺得很可惜，忙問：「郭先生，這麼好的一棵大樹，為什麼不要了呢？有了它，夏天可以乘涼，冬天可以擋風，多好啊！」郭泰看了他一眼，說：「你可不知道了！這棵大樹雖然有點用處，但是它長在院子裡面對風水可不好，所以我不能要它。」

徐稚看了看大樹，不解地問：「它怎麼會妨礙風水呢？長得鬱鬱蔥蔥，不是正象徵著欣欣向榮、蒸蒸日上嗎？」郭泰歎了一口氣，耐心解釋說：「你看，這個園子四四方方，就像是一個方框，裡面有這棵樹，就是一個『木』字，合起來就成了『困』字，這不是要把我困在裡面嗎？所以呢，我不能要這棵樹！」

「原來這樣啊……」徐稚拖長了嗓音，卻突然冒了一句，「如此看來，郭先生馬上就要搬家了吧？」郭泰覺得奇怪，就問：「誰說我要搬家？我現在不過是要除掉這棵樹罷了，我肯定還是要住在裡面的！」

徐稚一聲不吭，用樹枝在地上寫了一個字，提醒道：「如果把樹除掉了，郭先生還住在這裡，那可就更糟糕了啊！」郭泰一看，頓時滿臉通紅，一面下令停止砍樹，一面連聲說：「羞愧啊，羞愧啊，我竟然不如一個孩子有見識！」

原來啊，徐稚在地上寫的是個「囚」字。按照郭泰先前的理論，如果院子裡沒有樹，而人又住在裡面，不就成了「囚」嗎？

【成功心語】

人之所以可以成為萬物之主，是因為善於思考，然後根據各種情況加以改良和應對。徐稚不被俗見把控，指出愚昧主人自相矛盾的謬誤，實在讓人看得酣暢痛快。一個人的啟發，遠比一棵樹的啟發更大！

○六七——沈穩馬芳伺機返家

馬芳是明朝大將，不僅足智多謀，而且驍勇善戰，當時就有「勇不過馬芳」的說法。

馬芳的家鄉是現在的河北張家口蔚縣，那裡算是北方的邊陲。明朝建立不久，被趕出中原地區的元朝蒙古勢力還經常到邊境一帶騷擾，馬芳的家鄉就處於戰爭的最前沿。

西元一五二五年，馬芳只有十歲，家鄉遭到蒙古韃靼部落的襲擊，他也和一些鄉親被抓到了浩瀚無際的大草原上。一些人企圖逃跑，被韃靼人抓住以後都遇害了。馬芳知道，自己年紀還小，軟弱無力的抵抗是沒有用的。他默默地選擇了伺機而動，把仇恨深深埋在心裡，任由惡人把自己當牛做馬。

馬芳被分配去為蒙古人放牧牛羊，剛開始的時候，還有人監督著他，防止他逃跑。馬芳表現很好，每天都規矩地守在牲畜中間，給什麼就吃什麼，一點也不抱怨。蒙古人逐漸失去了戒心，甚至讓他獨自活動。

馬芳儼然忘記了家鄉，和蒙古人越來越熟絡。遇到興致高的時候，他還跟著學習騎馬射箭的本領。蒙古人也把他當做部落中的一份子，不僅傳授弓箭的製作方法，還交給他騎射的技巧。馬芳非常勤奮，自己用木頭做了一把弓箭，每天不間斷地練習射箭。過了一段時間，他的技藝突飛猛進，達到了箭無虛發。

有一天，馬芳正在放牧，看見一個衣著華麗的蒙古人帶著隨從進山打獵。馬芳也趕著牲畜跟過去，想看看打獵的激烈場面。就在那群人剛走進樹林不久，蒙古人騎著馬驚慌地跑出來，後面竟然跟著一隻兇猛的大老虎。馬芳來不及多想，拿出弓箭瞄準了老虎，只聽弓弦一響，張牙舞爪的老虎應聲倒地。蒙古人這才停下來，向救命恩人連聲道謝。原來，這個人是蒙古韃靼部落的首領俺答。他問馬芳希望得到什麼賞賜，馬芳說自己只是想得到一匹家鄉的馬。俺答立即滿足了他的要求，讓他從哪些掠奪來的馬匹中任意挑選。

馬芳在俺答府中生活，擁有更多的時間練習騎馬和射箭。府裡的人知道他是俺答的恩人，也不去多管他。有一天，人們發現馬芳外出以後再也沒有回來，紛紛猜測他是不是被野獸吃掉了。事實上，馬芳利用老馬識途的本性，偷偷跑回了故鄉。

小小的馬芳獨自一人從蒙古人手裡逃回來，受到了大同府官員的另眼相看，再加上馬芳又有一身本領，就把他留在軍隊中當了一名士兵，從此開始了輝煌的戎馬生涯。

【成功心語】

小小的孩子不為眼前的苦難屈服，堅定地設計著自己的目標和計畫，牢牢地抓住了每一個良好的機會，讓不可能變成了現實。就連很多大人，都無法做到小馬芳的沉穩與執著，要麼在困窘中沉淪，要麼在不期而至的好運中沉迷，忘掉了最初的夢想。

〇六八——於仲文放牛判案

於仲文是隋朝的著名大臣，他出生在官宦世家，祖父是北魏、西魏和北周時期的大將，父親是北周的燕國公。於仲文可以說是文武全才，曾經擔任過郡守，帶兵打仗也是戰無不勝，攻無不克，被封為「延壽郡公」。

於仲文小時候非常聰明，四、五歲的時候就開始認字讀書，整天拿著書籍閱讀，從來也不知道疲倦，常常因此忘記了吃飯和睡覺，家人催促多次以後才肯放下書本。他的父親見到這種情況，感慨地說：「這個孩子將來一定會有出息。」到了九歲的時候，於仲文就因為聰明好學而聞名四海。這些事情都記載在《隋書》的《於仲文列傳》裡面。

有一次，小於仲文跟隨父親進入北魏的宮廷，見到了當時的丞相宇文泰。宇文泰想要考他一番，就問：「聽說你酷愛讀書，書裡面到底寫了些什麼啊？」於仲文完全沒有猶豫，隨口就答：「所有的書，講的都是忠孝的道理，孝順父母，忠於君主！」宇文泰聽了，連聲讚歎小於仲文見識不凡。

於仲文擔任了安固太守，雖然他的年紀不大，卻能把政務處理得井井有條。管轄的範圍內發生了一件爭牛的案件，兩家人都說一頭走失的耕牛是自己家的。當地的縣官分辨不出真相，只好請來於仲文斷案。

於仲文聽了經過，說：「這好辦！」就讓人把兩家人都傳到公堂上，然後把那頭牛也牽了過來。於仲文悄悄讓人用小刀子扎那頭牛，牛痛得叫了起來。兩家人裡面，姓任的人家臉上露出心痛的表情，而另一戶姓杜的人家卻滿不在乎。

於仲文又詢問他們：「你們的家裡，誰還養有其他的牛啊？」兩家人都說自己家裡有。於仲文就讓他們各自把牛都牽來，分別拴在院子的兩邊，然後把那頭有爭議的耕牛也牽過來，放開牛繩子。走失的牛哞哞地叫著，自動走回了其中一個牛群。於仲文一看，正和自己的猜想一樣，這頭牛是任家的。

看到這樣的結果，大家都說於仲文的方法很巧妙。姓杜的人家趕緊承認自己貪心生罪，心服口服地接受懲罰。

【成功心語】

小於仲文酷愛看書，卻不是書呆子。他心思細膩，大事小事都不糊塗，分寸把捏極好。通過對局部細節的觀察，能準確判斷出結果，不愧為人小膽大的機靈孩子。

○六九——王維巧斷甜瓜案

王維是盛唐時期著名的詩人，因為當過尚書右丞，也叫做「王右丞」。他是開元年間的狀元，尤其擅長五言詩，是山水詩派的代表人物，被稱為「詩佛」。

王維從小聰明好學，不僅掌握了很多知識，還利用這些為鄉親們做了不少好事。

山西祁縣的村裡，很多人都種植甜瓜賣錢養家，王維的鄰居老人也種了一塊瓜田。老人家起早摸黑，精心照料著一天天長大的小甜瓜，就像是守候著一個美麗的希望。

小王維經過瓜田時，只要眼睛落到圓溜溜的甜瓜上，老人就趕緊招呼：

「小傢伙，瓜還沒有熟呢，別打主意了。」老人精心護理著瓜田，終於迎來了令人歡喜的大豐收。

沒想到，還是出事了。

這天清早，小王維聽見瓜田裡傳來老人呼天搶地的哭聲，趕緊出門察看。原來啊，老人因為提前回家休息，即將收穫的甜瓜就被全部偷走了。

老人一邊抹眼淚，一邊哭訴：「我的瓜一個個都有這麼大，金黃的顏色，又香又甜，可是我好幾個月的血汗哪！」

小王維覺得老人真可憐，上前勸慰說：「你既然對瓜這麼熟悉，為什麼不到市場上去找一下呢？偷瓜傢伙一定會去賣瓜，絕對不會只為偷來吃！」老人覺得有道理，氣呼呼地到了集市。

小王維陪著他轉了一圈，老人發現了自己的甜瓜，很肯定地說：「這是我的瓜！我天天守著它們，就像自己的孩子，一分一毫都不會錯！」

賣瓜的是村子裡的王麻子，急忙狡辯起來。小王維見對方不認帳，就拉著老人去報官。

聽到雙方各執一詞，官府也不好判斷。要知道，家家的甜瓜都是一個樣子，又沒有寫上老人家的名字。

小王維又氣又急，突然想到『瓜熟蒂落』這個俗語。他靈機一動，提議說：

「這樣吧，兩家都說甜瓜是自己田裡的，為什麼不到田裡去勘察一番呢？」

縣老爺派人去考察後發現，王麻子家裡的甜瓜都還沒有熟，而老大爺家裡的瓜田裡面，已經掉落了一地的瓜蒂，而且瓜蒂的數目正好和王麻子在賣的甜瓜數目吻合。

這一下，盜賊傻了眼，不得不承認偷瓜的事實。老大爺拿回了自己的甜瓜，高興得合不攏嘴。

【成功心語】

自然界裡的學問很多，處處都隱藏著可以探究的秘密資訊。小王維巧妙運用民間的知識，讓一個看似無頭的案子水落石出，真的讓人佩服不已啊！

【詩詞欣賞】

山居秋暝　王維

空山新雨後，天氣晚來秋。
明月松間照，清泉石上流。
竹喧歸浣女，蓮動下漁舟。
隨意春芳歇，王孫自可留。

【注釋】

1、暝：夜，晚。這裡指傍晚。

2、隨意：任憑。

3、浣女：洗衣女。

4、春芳歇：春天的芳華凋謝了。歇：消散。

5、王孫：貴族的後裔，這裡指隱居的高士。

【釋文】

一場新雨過後，青山特別亮麗。秋天的傍晚，天氣格外涼爽。明月透過松林，撒落一地斑駁的靜影。清澈的泉水在岩石上叮咚作響，緩緩流淌。

竹林深處傳出歸家洗衣女的笑語聲，水上蓮葉搖動，漁舟正向水中撒開大網。任憑春天的芳菲隨時令消逝吧，心有志趣的人在秋色中，可以很愜意地流連忘返。

〇七〇——文中子少年教學

文中子名叫王通，是隋朝一位大儒。

王通從小聰明好學，博覽群書，精通古代典籍。他十五歲開館教學，學生達到上千人，最著名的有魏徵、房玄齡等。據說，唐朝初年的朝廷重臣裡，他的弟子超過百人。

王通曾經遊歷各地，增長見聞。他到達隋朝京城長安，向隋文帝進獻了十二篇治理國家的方略，但是沒有得到重用，僅被任命為蜀郡的侍郎。王通不滿意，辭官回家專心於學問。

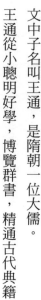

王通系統地研究了孔子的《六經》，覺得有很多地方需要重新分析和闡述，就動手寫下了《續六經》，並且在家鄉山西白牛溪開館講學，漸漸形成了「河汾學派」。

王通在儒學的研究上有突出成就，對後世影響深遠，是一個承前啟後的中堅力量。簡單的說，他繼承了孔孟的「仁政」思想，開啟了後世二程和朱熹的「格物致知」。弟子們把他稱為「王孔子」、「文中子」，並仿照《論語》的編寫，把王通生前的教學，以及與學生、朋友的對話編成一本書，就是《文中子中說》或者叫

《中說》。

有趣的是，這樣一位大學問家，在唐代編修的正史《隋史》中卻沒有任何記錄。但是經過史學家的考證，他的確真實存在，也是一位有成就的大儒，孫子就是唐朝大詩人王勃。

為什麼正史中沒有關於王通的記載呢？據推測，可能是由於他的學生在唐朝為官的太多了，一旦敢為自己的先生立傳，極有可能被人污蔑成結黨營私，那可是唐太宗李世民最不能容忍的罪狀，弄不好是要掉腦袋的。

【成功心語】

少年王通博覽全書，以其天才的教學揚名四海，教授出的弟子有足夠的能量和智慧效力國家朝廷，可謂功勞不小。基於特殊的原因，他不能在正史中顯赫留名，最終卻在時代的發展中被挖掘認可，可以說是眾望所歸。

○七一——區寄巧鬥強盜

唐朝年間，廣西柳州有一個叫區寄的壯族孩子，平日裡以打柴放牛為生。他幼年時發生了一段奇遇，大文人柳宗元專門為此寫下文章。

有一天，區寄獨自在山林間放牛，兩個強盜突然衝出來，一把抓住他就用繩索捆綁，又把嘴巴也堵了起來。兩個強盜急於脫身，不斷討論要把區寄帶到哪裡去賣掉。區寄不和他們正面對抗，假裝怕得發抖，還不住地流淚，心裡卻快速盤算著脫身的好辦法。

兩個強盜覺得這個孩子好對付，一路四處找買家。到了晚上，兩個傢伙一邊喝酒，一邊商量後面的計畫。等到一個強盜醉得倒地大睡，另一個又去找買主交涉了。

趁著這個大好機會，區寄將強盜插在桌子上的刀撞到地上，割斷了捆綁自己的繩索，然後舉刀殺了那個喝醉的傢伙，撒腿就往家的方向跑去。

沒想到的是，區寄在半路上遇到了另外一個強盜。區寄並沒有驚慌失措，裝著很害怕的樣子求饒：「請留我一命吧！那個人對我又打又罵，所以我才把他殺了。如果你對我沒有那麼兇惡，我一定聽從你的吩咐。」強盜本來想殺了區寄替同夥報仇，卻又被他的言語打動，暗想：「這個孩子可惡，卻能變成錢。原來是兩個人分錢，現在是我一個人獨得，老天爺真照顧我！」強盜於是不下手，帶著區寄來到一個大集市，住在窩主的家裡。

夜幕降臨，區寄趁所有人熟睡，在爐火上把捆著雙手的繩子燒斷，雖然手背燒傷也沒有哼一聲。他悄悄解開身上其他的繩索，用強盜的刀把那個壞傢伙幹掉，然後扯開嗓門大聲呼救。整個集市的人都被驚動了，大家紛紛圍上來，發現一個小孩手裡拿著一把沾滿鮮血的鋼刀，旁邊躺著一個渾身鮮血的大漢，都非常吃驚。區寄這才對大家說：「我是柳州的孩子，被壞人綁架到這裡要賣掉，我已經把他殺了，請大家幫我報告官府吧！」官府審理以後，知道區寄說的都是實話，就把他送回了家。

【成功心語】

在區寄的危急裡，懂得分輕重緩急，是一個很關鍵的要點。他巧妙利用土匪的弱點，將不利轉化成奇跡般平安返家的局勢，他沉穩冷靜的繼續行動，迅速找到破解難堪的鑰匙，算是聰明人中的聰明人。

○七二——戴震挑戰權威

戴震是清朝時期著名的考據學家和思想家，所謂考據學，簡單地說就是對古籍文獻的整理。因為沉迷於考據，戴震的哲學思想也偏重於物質性。他認為世界的本源是物質的氣，人們認識世界也是要靠眼耳口鼻去感知。

在戴震的思想裡面，什麼事情都要問為什麼？追究為什麼會這樣。他對很多事情都要追本溯源，不肯輕易相信權威和書本。

四、五歲時，戴震在私塾裡跟隨先生學習《大學章句》。先生要求他不斷重覆閱讀書本，直至倒背如流，然後逐漸自我消化和吸收。

《大學》的作者已經難以考證，千百年來一致認為是孔子的弟子曾參記述孔子的一些言論，很早以前屬於《禮記》的部分篇章，在宋朝時被程顥和程頤兩兄弟抽出來，單獨編成《大學章句》。大經學家朱熹把《大學》、《中庸》、《論語》、《孟子》合編注釋，稱為《四書》，成為儒家經典。

戴震很快就能背誦《大學章句》，卻不明白這本書到底是怎麼來的，就問：「先生，書裡的這些話真的是孔子說的嗎？」先生回答：「當然啦，這是他的弟子曾參編寫的。」

戴震把頭一歪，刨根問底：「為什麼說是曾參寫的呢？」先生回答：「這是朱熹說的。」戴震又問：「朱熹是什麼人啊？」先生說：「他是宋朝的大學問家。」

戴震把頭一昂，接著問：「那孔子和曾參是什麼時候的人呢？」先生說：「他們都是周朝的人。」戴震呵呵直笑，頗認真地說：「周朝距離宋朝有多長時間呢？」先生想了想，說：「大概有兩千年左右了吧。」

戴震猛一拍掌，提高嗓音說：「既然隔了這麼長時間，朱熹憑什麼知道這是曾參記錄的孔子的話呢？」先生頓時傻了眼，只好說：「哎，真是個不同尋常的孩子，你以後再去追究真實的答案吧！」

【成功心語】

對於一個孩子來說，戴震其實在乎的並不是所謂的真假。他想要證明的是，如果一定要說這是真相，請提出服人的鐵證！當學習成為一個興趣，而不是敷衍的對象，還有什麼是掌握不了的呢？

○七三——孟嘗君理勝父親

孟嘗君名字叫做田文，是戰國時期齊威王的孫子，他曾經在齊國做過宰相。然而就是這個田文，因為出生的日期是農曆五月五日，他的父親薛公田嬰覺得不吉利，就讓家人把孩子扔掉。田文的母親看到孩子白白胖胖，十分捨不得，就偷偷留下來養活。

過了幾年，田文長大了，與父親相認，不禁問：「父親為什麼不要五月初五生的孩子呢？」田嬰回答：「這一天出生的孩子，將來長得比門楣還要高，會對父母不利的。」

田文馬上又問：「人的命運是上天主宰的呢，還是門楣決定的呢？」田嬰有些為難，不知道該怎麼回答。田文卻侃侃而談：「如說是上天決定人的命運，父親就沒有什麼好操心的；如果是門楣決定的，那麼把大門修得高一些不是就可以了嗎？」

田嬰本來就對丟棄親生兒子感到愧疚，聽他這麼一說，也覺得很有道理，就恢復了田文的名分和待遇。而聰明的田文也表現出色，不僅掌握了很多知識，還開始介入父親的生活，為他的管理提出建議。

這一天，田文問田嬰：「父親大人，請問兒子的兒子叫什麼？」田嬰說：「叫孫子。」

田文又問：「孫子的孫子呢？」田嬰回答說：「玄孫。」

田文接著問：「玄孫的孫子呢？」田嬰想了想，說：「我就不知道了。」

田文趁機說：「父親現在受到國家重視，做到宰相的高位。歷經三代君王，國家的疆土並沒有擴大，你自己的家裡卻堆滿了金銀。現在市面上的有志之士，連粗布衣服都穿不上，我們家裡卻連姬妾都有穿不完的綾羅綢緞。家裡的奴僕都有吃不完的糧食和肉類，而外面很多人連粗糧糟糠都吃不飽。您盡情積累財富，留給自己也不知道叫什麼的玄孫的孫子，卻不顧國家和大眾的日子一天比一天壞，我覺得很奇怪啊！」

田嬰聽了倒吸一口冷氣，對這個孩子的遠見卓識佩服萬分，不禁對他另眼相看。

不久以後，田嬰讓他主持家裡的事物，接待四海賓客。田嬰死後，名聲越來越大的田文繼承了封地，被稱為「孟嘗君」。

【成功心語】

孟嘗君是一個不幸中的幸運兒！面對父親的偏執和盲目，他沒有消極接受，而是勇敢地提出自己的觀點和看法，終於重新開啟塵封的親情。面對富裕的生活，他勤於思考，沒有沉浸於有限的聲色享樂中，居安思危，積極做出調整和改良，成全了更大的繁榮。

〇七四——婧女為父伸冤

婧女的「婧」讀作「靜」，是指纖弱苗條有才氣與人品的女子，常常用作女子的名字。這裡的婧女是戰國時期的齊國人，父親叫做衍。

齊景公在位的時候，輔佐他的是中國歷史上著名的大臣晏嬰。齊景公算不上什麼好皇帝，《史記》上說他「好治宮室，聚狗馬，奢侈，厚賦重刑」，但是他有一個優點，就是肯聽從晏嬰的勸諫，所以齊國才不至於出現大亂。

齊景公屬於奢侈好享受的人，對駿馬名犬非常鍾愛，也喜歡珍饈華服，更鍾情於美女宮室。總之，他喜歡一切好東西。由於特殊的身分，那些寵物也得到了特殊的照顧和待遇。

有一次，齊景公喜歡的一隻小狗死了，他竟然下令為小狗製作豪華的棺木，按照隆重的禮節安葬。晏嬰知道後就勸他，齊景公滿不在乎地回答：「好玩而已。」晏嬰勸諫他說：「從老百姓那裡徵收來的賦稅，應該用在國家治理上面，如果這樣浪費，老百姓會不滿意的。」齊景公這才作罷。

在齊國的宮殿旁邊，有一株大槐樹，枝繁葉茂，巨大的樹冠就像是天子的雲羅傘蓋。齊景公很喜歡它，曾經打算擴大宮室，把槐樹納入皇宮以內，卻被晏嬰阻止了。齊景公不甘心，就在樹的外面圍起了一圈柵欄，貼上告示，說：「任何人膽敢傷害這棵樹，就要受到嚴厲的懲罰！」並且吩咐守衛皇宮的士兵精心照料這棵槐樹。

一天傍晚，婧女的父親衍喝醉了，經過槐樹的時候酒氣上來，就趴在地上吐了起來。士兵趕緊過來勸阻他，衍趁著醉酒毫不買帳。士兵說：「這可是大王喜歡的槐樹，傷害了它，你可要吃不了兜著走！」衍還沒有清醒過來，嘟嘟囔囔地說：「什麼槐樹，樹比人重要嗎？我就不相信！」說完，還拿起手中的酒壺重重砸在樹幹上，立即砸掉一塊樹皮。士兵嚇壞了，立即把他抓了起來。齊景公知道後，氣得下令把衍處死。

婧女當時只有十來歲，並沒有去找齊景公求情，而是急匆匆趕到相府，拜見晏嬰。晏嬰聽了事情經過，有些為難地說：「這也不太好辦啊，你父親真是太狂妄了！雖然他喝醉了，但是也不能置大王的告示不顧啊！」

婧女很傷心，哭著說：「是啊，父親確實有不對的地方，但樹只是受到一點傷害，很容易恢復，難道必須要用人的性命來賠償嗎？如果是這樣的話，周圍國家的人知道大王為了樹而殘害人，對大王和齊國聲譽會產生怎樣的影響呢？」

晏嬰覺得小姑娘說得很有道理，就趕到宮殿裡面，用這一番道理說服了齊景公。衍很快就被釋放了，只是責令他照顧槐樹，直到被他傷害的樹幹長好為止。而那個「傷害槐樹要被重罰」的法令，也就廢除了。

【成功心語】

小姑娘非常聰明，知道不能前去尋找憤怒的國王求情，避免火上澆油。她在找到一個可以扭轉局面的中間人時，有理有條地分析了事件的前因後果，承認己方的過失，但強調這樣過失所需承擔的責罰應該符合常理，不能因國君的癖好而偏離常軌。在她伶俐的口齒中，父親保全了性命，也成全了君王和大臣善於納諫的美名，一舉多得。

〇七五——淳於誕施財報仇

淳於誕是後魏時期的人。後魏就是拓跋珪建立的北魏，是南北朝時期北朝之一。為了和三國時期盤踞北方中原地區的曹魏區別開來，所以也叫後魏。南北朝時期的南朝又先後分為宋、齊、梁、陳四個朝代，淳於誕的父親是齊國時期的南安太守，轄地就是今天福建廈門、泉州一帶。

這一年，十二歲的淳於誕跟隨父親前往揚州，隨行的只有兩三個家丁。他們日以繼夜趕路，來到一座森林密佈，行人稀少的大山之中。父親很有經驗，叮囑說：「大家多加小心！這裡歷來是強盜出沒的地方。」就在他們中途休息時，山林中突然衝出一夥強盜。淳於誕的父親當機立斷，順手把坐在旁邊的孩子推進草叢。他猛然站起來，用身體擋住強盜的視線，大聲喊道：「不准動！」表面看起來是在呵斥強盜，實際是對已經藏起來的淳於誕說的。

淳於誕非常聰明，他也看到這夥強盜人多勢眾，而且手持利刃，自己一個小孩子，冒然衝出去只有送死的份，於是乖乖躲在草叢中。他眼睜睜看著強盜殺害父親和隨從，他努力記住那些惡人的長相，好為將來報仇留下線索。等強盜們離開以後，淳於誕才從藏身的地方鑽出來。他一邊大哭，一邊挖土掩埋了父親等人的遺骸，在墳頭做好標記。淳於誕一連叩了幾十個頭，抹著眼淚發誓：「父親，我一定為你們報仇！」

回到家裡以後，淳於誕拿出家裡的全部財產，開始結交各種江湖人士和俠客好漢。因為他仗義疏財，很多人都歸附到他的家裡。淳於誕看到時機成熟了，就召集眾人說：「我一個小孩子，把家裡所有的資財都拿出來供給大家吃喝，你們難道不覺得奇怪嗎？」大家都說：「是啊，我們也不明白這究竟是為什麼！」淳於誕悲憤地說：「我有一件事情要拜託大家，請你們不要推辭！」人們慷慨激昂，紛紛表示願意效力。淳於誕講述了父親在山中被強盜殺害的經歷，然後提出：「我一人無力報仇，想請大家為我做主！如果有膽小不願意的，請現在就離開，我並不責怪。如果願意幫助我的，請提出自己的要求，我一定儘量滿足。」

聽完了淳於誕的一番話，性情剛烈的江湖好漢們激動起來，立即表示願意去剷除強盜。其中一些人本來不願意冒險的，在眾人的感染下，也勇敢地參加了。在淳於誕的帶領下，一支非官方的剿匪隊伍武裝起來了，浩浩蕩蕩進入山林。只用了十五天的時間，他們就消滅了那股強盜勢力。

【成功心語】

淳於誕是一個善於控制情緒和事態的智者，他年齡雖小，卻很有自制力，沒有衝動地違背父親的安排出去搏鬥，也沒有冒然地舉起兵器前去復仇。他牢記使命，充分運用自己的優勢，集聚更多更大的支持力量，然後一鼓作氣消除禍患，剷除了為非作歹的土匪。

〇七六——岳珂為祖父昭雪

岳珂是南宋抗金名將岳飛的孫子，他的父親岳霖是岳飛的第四個兒子。

岳飛當年抗擊金兵，接連大勝，正準備直搗黃龍的時候，金兵收買了當時的南宋丞相秦檜。秦檜挑唆宋高宗用十二道金牌把岳飛和大兒子岳雲調回京城，誣陷他們謀反，抓起來要問斬。當韓世忠質問秦檜岳飛有什麼罪的時候，他閃爍其詞地回答：「莫須有。」最後岳飛父子在風波亭被害。

岳珂十歲的時候，父親病逝。岳霖在臨終前難以瞑目，告訴兒子：「你的祖父岳飛被奸賊害死，已經五十多年了，你一定要想法為祖父沉冤昭雪。」

岳珂雖然那時候只有十歲，卻已經下定決心，要為祖父討回公道。他先從家裡的文字資料入手，收集整理了大量的岳飛生前的材料，將當時的情況調查清楚。

岳珂還得出結論，當時秦檜成為金國的奸細以後，想方設法暗害祖父，因為那時候岳家軍已經把金兵打得大敗，收復了很多失地，正準備乘勝追擊。如果秦檜不把岳飛害死，金國肯定要吃大虧。另外，宋高宗當時也存有私心，因為他的父親和哥哥，也就是宋欽宗和宋徽宗都被囚禁在金國，如果岳飛打到金國，救回兩位皇帝，那麼宋高宗的皇帝位子可能就坐不穩了。所以，宋高宗就默許縱容了秦檜的罪惡行動。

為了能夠找到更多的材料，讓自己的結論更加有說服力，小小岳珂獨自前往京城臨安，尋找祖父當年的同僚和部下，進一步收集證據。大家原本就在心裡為岳飛抱不平，又看到岳珂有這麼大的恆心和毅力，都非常支持他，紛紛向他講述實況，有的還拿出保存多年的書面文字。在岳珂的不懈努力下，事情的真相終於大白於天下。

岳珂根據這些事實，寫下了《籲天辯誣》一書，向世人揭露了岳飛蒙冤遇害的真相。

【成功心語】

歷史總會還事實一個真相，但需要有心人來促成。小小岳珂肩負幾代人的心願，也肩負著光大還原民族英雄原貌的歷史使命，在不屈而謹慎的調查中，終於發掘了其中的隱情，讓冤屈的靈魂可以安息。

○七七——楊億妙答皇帝

楊億是北宋著名的文學家，大詩人，「西昆體」詩歌的代表作者。西昆體就是指北宋早期以辭藻華美，講求對仗的一類詩歌。

楊億小時候非常聰明，十來歲就有神童的稱號。當時的皇帝是宋太宗趙光義，就是宋太祖趙匡胤的弟弟。傳說趙光義是暗害了宋太祖才登上皇位的，所以他特別注意自己的形象，時刻擺出一副禮賢下士的樣子。聽到楊億的美名，就把他召到宮裡。

金殿之上，宋太宗非常喜歡活潑可愛的小楊億，親自出了一些題目來考驗。小楊億不卑不亢，全部對答如流。宋太宗一高興，立即封他為秘書省正字，這是一種在朝廷中校正書籍文字的官職。

走馬上任後，楊億有機會接觸到很多珍貴的皇家典藏，如饑似渴地閱讀起來。因為他這麼小就得到官職，自然會招來小人的妒忌和誹謗。有人就在宋真宗面前說壞話，宋真宗雖然不盡相信，但是聽得多了，心裡也不免有點疙瘩。

有一天，宋真宗遇到小楊億，隨口問：「小傢伙，你到宮裡這麼長時間，想父母了吧？」楊億的家鄉在福建蒲城，離京城開封有上千里地，父母都留在故鄉。

楊億非常聰明，沒有馬上回答。他知道，如果回答想念父母，那些小人就會說自己心生怨懟，對現實不滿，甚至說成是對皇上不滿，肯定招來災禍。如果回答不想念父母，就會被人污蔑為不孝順，犯下忤逆大罪。

究竟應該怎樣回答呢？楊億想了想，眼珠一轉，說：「我在京城，常常能見到皇上，就像見到了我的父母一樣的親切啊！」宋太宗聽了，龍顏大悅，頓時哈哈大笑起來，更加喜愛和信任楊億了。

【成功心語】

孩子天真純潔，說話可以毫無顧忌。但是，如果遇到特殊的狀況，說話就必須加以思考，否則就會禍從口出。小楊億深諳其中的險惡，一語雙關化解自己的不利，既不被人批評為虛偽，也不陷入不恭的糾結中。

〇七八——諸葛恪為父解圍

諸葛瑾是三國時期諸葛亮的兄長，雖然沒有弟弟那麼高的才學，但是也算得上足智多謀，在東吳擔任謀士的時候，很受孫權的重用。諸葛恪是諸葛瑾的兒子，從小跟隨父親學習，才思敏捷，特別有急智。

孫權對諸葛瑾很信任，一點也不因為他的弟弟是劉備的軍師而產生猜忌。諸葛瑾也對東吳忠心耿耿，君臣之間相處融洽，甚至經常相互玩笑。

有一天，孫權宴請群臣，諸葛瑾將兒子諸葛恪也帶上了。在酒宴上，孫權喝得十分盡興。想到諸葛瑾的臉長得很長，童心大發的孫權就讓人牽來一頭毛驢，在毛驢的前額貼上一張紙條，上面寫著：「諸葛子瑜」。

群臣看看驢子，再看看因為尷尬而將臉拉得更長的諸葛瑾，突然爆發出一陣哄笑。諸葛瑾急得汗水直淌，卻沒有想出應對的好法子。這時候，諸葛恪不慌不忙站起來，叫人拿來筆墨，走到驢子面前，在紙條下面添上兩個字，成了「諸葛子瑜之驢」，然後轉身說：「謝謝主公賞賜給家父的驢子。」

看到小小諸葛恪這麼聰明，眾人都不由得豎起了大拇指。孫權也順水推舟，把驢子賞賜給了諸葛瑾。從此以後，孫權經常召見諸葛恪，與他一起討論各種事件。

孫權故意問諸葛恪：「你的父親和你叔叔比，哪一個更加賢能呢？」在當時，人們普遍認為諸葛瑾不如諸葛亮，孫權這麼問，顯然是想考驗一下孩子的急智。

諸葛恪想都沒有想，立即答道：「當然是我的父親更加賢能！」孫權很驚訝，問：「何以見得呢？」諸葛恪回答說：「我的父親懂得要扶助有德行的賢明君主，而我的叔父卻不明白良禽擇木而棲的道理，當然是我的父親更賢能啦！」這樣的回答，不僅避免了正面比較諸葛瑾和諸葛亮的本領，還直截了當地讚揚了孫權是一個賢明君主。孫權聽了自然眉開眼笑，連連稱讚回答巧妙。

諸葛恪成人後，憑藉出眾的才學，受到孫權的後人的重用，多次擊退了曹魏的進攻。

【成功心語】

對大多數人來說，被上司嘲笑總不是一個愉快的事情，卻又不得不強作歡顏接受。諸葛恪體諒父親的處境，思考出一個既不忤逆尊貴又能維護自身體面的法子，讓一個小小的尷尬變成大大的歡喜，實在是很厲害！

〇七九——安童一語救千人

安童是元朝初年的一位政治家，父親曾經跟隨元世祖忽必烈南征北戰，立下赫赫戰功。而他的姨媽，還是元世祖的昭睿順聖皇后。有了這兩層關係，忽必烈繼承汗位以後，就任命只有十三歲的安童做了宿衛長。

小小的安童懂得自己的職責，放棄了很多和同齡孩子玩耍的機會，為政事忙得不亦樂乎。每天上朝前退朝後，他都會主動去找那些老臣討教治理國家的方法，商討妥善處理事務的辦法。元世祖看在眼裡，喜在心裡，對他更加器重。

忽必烈成為大蒙古帝國的大汗並不容易。以前的大汗蒙哥去世的時候，留下三個弟弟，一個是忽必烈，當時正在南方作戰；一個是阿里不哥，當時在蒙古本土；一個是旭烈兀，當時在波斯，沒有意願爭奪汗位。汗位的爭奪就在忽必烈和阿里不哥之間展開，阿里不哥因為正好在蒙古本土，又得到蒙哥時期的宰相等人的支持，就在首都哈林和林自立為汗，而忽必烈也在開平上都自立為汗。最終，忽必烈利用優勢兵力奪取了汗位。但是在很多蒙古人心中，他取得汗位的手段並不符合傳統，心裡也不服氣。瞭解到阿里不哥聯合心懷不滿的舊臣在暗中搗鬼，忽必烈準備大開殺戒，肅清異己，牽連進來的有上千人。

安童雖然年幼，思考問題卻很全面。他公正地分析局勢，大膽勸諫：「當初大家爭奪汗位，底下的人不過是各為其主，況且您那個時侯遠在中原，蒙古本地的人當然是擁護阿里不哥了。現在您得了天下，很多事情還沒有安排好，國家也沒有穩固，如果因為當時有人冒犯您就大開殺戒，是在循私情、洩私憤，對國家的治理和長治久安是沒有好處的啊！」

聽了安童的話，忽必烈深有感觸：「小小年紀就有這樣的遠見卓識，真是不簡單啊！」他欣然接受了建議，單獨將阿里不哥囚禁起來，直到他去世，讓政局保持了平穩。

【成功心語】

安童不是一個尋常孩子，他能換角度思考別人的處境，敢於提出自己的見解和主張，讓人十分佩服他的正直和善良。能為不相干的人說公道話，就算是成人，恐怕也難以辦到啊！

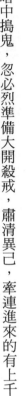

〇八〇——劉伯溫妙計救鄉親

劉伯溫是明朝的開國元勳，足智多謀，幫助朱元璋奪取了天下。朱元璋曾經把他比作輔佐劉邦的張良，由此可見他的智計是多麼高超。

劉伯溫從小就聰明好學，才思敏捷。他十歲那一年，家鄉浙江青田縣發生嚴重的旱災，糧食收成大面積減產，老百姓根本交不出賦稅。當地的官員不向朝廷報告災情，卻說是老百姓聚眾謀反，抗交皇糧。朝廷得到這樣的資訊，當然是派遣大員來清查，一旦核實，立即就會派軍隊來鎮壓。當地官員接待了欽差大臣，立即送上一本厚厚的名冊，說是當地匪首和造反的人員名單，其實這些人都是些貧苦百姓。

劉伯溫從父親那裡得知這個消息，父子兩非常著急。父親說：「這本名冊如果送交到京城，不知道有多少善良的鄉親會被殺頭。」但是大家都很害怕官府，也沒有能力把名冊搶回來，應該怎麼辦呢？小劉伯溫急中生智，突然想出一個好辦法。

劉伯溫的父親拿出全部積蓄，將官員全部請到自己家裡盛情款待，說是要報答他們為地方辦事。官員們信以為真，一個個敞開肚皮又吃又喝，很快就爛醉如泥。

按照計畫，小劉伯溫跑到臨近的一座破草房，放起火來。隨著火勢越來越大，眼看著就蔓延到劉伯溫的家裡。父子倆沒有急於救火，眼睜睜等到大火把房子引燃，這才裝作慌裡慌張的樣子衝進屋內，一邊大聲呼喊：「著火啦！快逃命啊！」一邊把醉倒的官員營救出來。

官員們猛然驚醒，早嚇得魂飛魄散，哪還顧得上放在屋子裡的名冊。他們一邊大叫僥倖，一邊指揮人趕快滅火。鄉親們早得知劉伯溫父子的計畫，紛紛出工不出力。不一會兒，房子被大火燒坍塌了，那本害人的名冊也一起化成了灰燼。

官員們私下裡商議，如果讓朝廷知道自己貪杯誤事，肯定要惹出好多麻煩，不如將此事隱瞞下來。為了天下百姓利益，小劉伯溫不惜犧牲自家財產，受到大家的一致稱讚。

【成功心語】

劉伯溫的聰明超越一般孩子，他與父親摒棄私心救民，將官員們的趨禍自保擴大化，製造出一個不能明說的窘境，由所有的當事人自發去消化。搭借這個東風，無辜百姓免除了災難，昏聵的官吏保住了職位，真是皆大歡喜啊！

○八一——蘭姐留記抓賊寇

蘭姐叫什麼名字已經無從知道了，只知道她是元朝時候一位姓王的官吏家裡的小丫頭。雖然她身分低微，但憑藉過人的機智，幫助主人避免被強盜傷害，還把壞人一網打盡。

王老爺是一位知軍，相當於知州，就是一個州郡的行政長官。有一次，王知軍從河南調任到山西，一路上並沒有帶什麼隨行人員，只有妻兒和幾個僕人。

有一天，一行人在途中錯過了投宿的村鎮，只好在山上的破廟暫住。饑渴的眾人很疲憊，吃了一點乾糧就準備休息。因為害怕野獸襲擊，同時也為了抵擋夜間的寒風，就在破廟裡面生了一堆火來取暖。

火光引起了附近盜賊的注意，他們大模大樣地衝進去。王老爺等人看見他們兇神惡煞的樣子，都嚇得渾身發抖。盜賊們揮動著兇器，威脅說：「趕快交出錢財，否則要你們人頭落地。」老爺夫人嚇得說不出話來，渾身打哆嗦。盜賊以為他們吝惜財物，就更加兇狠地呵斥：「你這個老傢伙，真是要錢不要命嗎？」

這時候，十二歲左右的蘭姐站了出來，說：「你們算什麼東西，只知道欺負老人和孩子！」盜賊頭目斜眼看著她，怒喝道：「小丫頭還敢頂嘴！」蘭姐面不改色心不跳，把他叫到一邊，說：「我是掌管財物的丫鬟，要想得到金銀，你得答應我兩個條件。」

強盜聽說有金銀財寶，高興得合不攏嘴，連聲說：「有什麼要求儘管說出來。」蘭姐說：「錢財我可以給你們，但是你們不能傷害任何一個人，也不能讓老爺知道是我把財寶交給你們的。」盜賊樂壞了，馬上就答應了。

蘭姐把他們帶到廂房，強盜們翻箱倒櫃開始搜羅金銀珠寶。蘭姐就拿著燭臺在一旁照亮，故意把蠟油滴在強盜們的衣服上。那些傢伙忙著做發財夢，一點也沒有發覺。天快亮的時候，強盜們滿載而歸，王老爺一行人也沒有被傷害。

等強盜離開了一會兒，蘭姐一跳而起，和老爺跑到最近的官府報了案。根據蘭姐留下的線索，衙門很快抓到了其中的一個強盜，然後順藤摸瓜，把盜賊一網打盡。王老爺被搶走的東西，自然也全部收繳回來。

【成功心語】

小女孩雖然地位低下，年齡幼小，卻有著超越常人的機智和勇敢。面對強敵，可愛的主人公沒有雞蛋碰石頭，而是先假意順應來引開注意力，首重眼前的安全。利用寶貴的時機，她巧妙留下日後偵破的線索，為主人減小損失，真是勞苦功高。

○八二——劉聿借鷹脫險

劉聿是唐朝人，一生既沒有成為達官顯貴，也沒有成為文壇怪傑，只是因為從小聰明機靈，其傳奇經歷被《太平廣記》記錄傳世。

有一次，劉聿在山裡面玩耍，不小心從懸崖上掉落，幸好下面有一個突出的老鷹巢接住了他。劉聿年齡既小，身體也輕，所以鷹巢才能承受他的重量，沒有跌到山下。

剛開始的時候，小劉聿十分害怕，但並沒有驚慌失措。他首先觀察了一下自己的處境，發現鷹巢在半山腰突起的一塊狹小岩石上，下面是萬丈深淵，上面是筆直的峭壁，根本沒有辦法攀爬。這樣的處境簡直是糟透了，聰明的劉聿完全想不到任何辦法。但他相當樂觀，看著鷹巢裡的雛鷹，說：「管他的，先活下來要緊！」

雛鷹比他更驚恐，看著這個從天而降的怪物，張大嘴巴發出刺耳的聲音。不一會兒，老鷹帶著食物回來了。看到家裡的陌生人，老鷹不敢輕易降落下來，但又捨不得嗷嗷待哺的兒女，只好在鷹巢上空盤旋。幾番折騰，哺育幼雛的本能占了上風，老鷹把食物撕成小條，投擲到鷹巢裡面，用這種方法來餵養雛鷹。

這下可好，為了生存下去，劉聿就把生肉撿起來吃掉，剩下的才餵給雛鷹。可憐的老鷹聽到雛鷹沒有吃飽的哀叫，又再次去獵捕食物，繼續投擲。

就這樣，劉聿在鷹巢裡面生活了五、六十天，雛鷹也不再逃竄，逐漸習慣了身邊這個龐然大物。隨著雛鷹羽毛豐滿，已經可以飛翔上天了，還是每天回到鷹巢休息。看到雛鷹自由翱翔的英姿，劉聿靈機一動。

等出門覓食的雛鷹回巢的時候，劉聿把身上的衣服撕成布條，把自已綁在雛鷹的兩條腿上，然後縱身一躍，跳下了懸崖。雛鷹猛然受驚，努力拍打翅膀往上飛，迅速減緩了劉聿下落的速度。他就像帶著一把降落傘，平安地落到了地面。

【成功心語】

世間沒有絕路，只要你肯用心琢磨，總能在險徑找到一個出口。小劉聿就是如此，儘管落在了看似無望的懸崖，竟然憑藉與老鷹的友好相處博得生機，不能不說他膽大且有機智啊！

【名著簡介】

《太平廣記》：為宋代人編寫的一部類書，一共五百卷，按題材分為九十二類，取材於漢代至宋初的野史小說及釋藏、道經等和以小說家為主的雜著，對後世的影響很大。

○八三——謝聰信鴿救人

謝聰是晉朝時候的人，從小博學強識，被封為少年天官。天官是一種在《周禮》裡面就有的官職，是百官之首，相當於後來的宰相。小謝聰雖然被封為天官，但也只是一種榮譽，並不是真的讓他統領百官。儘管如此，他還是遭到當時真正宰相的嫉妒。

老宰相自命學富五車，常常在背後議論謝聰：「這個小毛孩子，不過是有點小聰明，根本沒有真才實學。一旦真的遇到什麼危險事情，小東西不嚇得尿褲子才怪。」謝聰聽說以後，也不和他計較。

儘管少年天官是一個虛設的官職，但謝聰還是要和其他官員一起上朝。這天，正在皇上面前議事，突然有人來報告說：「京城一座古塔的樓梯坍塌了，上面有很多遊客沒有辦法下來，情況十分危險。」

皇帝帶著大臣們趕到現場，發現年久失修的古塔搖搖欲墜，塔頂的人更是驚恐萬分。負責安全的官員趕緊安撫遊客，讓他們不要因為害怕而擁擠，以免引起塔身傾斜，加速倒塌。

有人建議說：「趕緊去找長一些的梯子！」可是最長的梯子也只能到達古塔的二層，對困在七、八層以上的遊客無濟於事。如果把很多梯子連接起來，又可能不牢固，在使用的時候斷掉。如果重新製作，時間肯定來不及了。

大家都沒有好辦法，皇帝急得忙懸賞：「誰能夠成功解救遊客，就賞賜一個銀盤子。」可是沒有人想到好主意，連自詡很有才幹的宰相也束手無策。

這時候，謝聰站了出來。他叫人找來幾隻信鴿，在鴿腿上拴上又細又結實的絲線，然後驅逐它們飛到古塔上面。遊人們捉住鴿子，把鴿子腿上的絲線收上去，絲線的下面連接著一根粗粗的繩梯。

繩梯被固定在古塔上，遊客們順著繩梯一個個安然返回了地面。大家都誇讚謝聰厲害，圍著他鼓掌讚美。只有那個宰相紅著臉，偷偷地溜走了。

【成功心語】

遇到困難的時候，不拘一格的想法最能達到效果。小謝聰不看輕任何一個人，借助必要的協助，順利消除危險，也是對自以為是的人的一種嘲諷。

〇八四——黃城少年勸項羽

外黃少年，指的是秦朝末年住在外黃縣的一個十三歲的少年。他憑藉自己的勇敢機智，從項羽的屠刀下營救了全城的百姓，受到人們的尊敬。可惜歷史上沒有留下他的名字，只是叫他「外黃小兒」。

劉邦和項羽爭奪天下，劉邦派遣大將彭越襲擊了項羽的運糧隊伍，並且乘勝占領了包括外黃縣在內的十幾個縣城。項羽大怒，親自率軍攻打彭越，發誓要報仇。

項羽的楚軍人多勢眾，而且驍勇善戰，彭越拼死抵抗了一段時間，還是放棄外皇城撤退了。項羽雖然攻進了城，但是傷亡很大，還跑了對方主帥，一股怒氣無處發洩，下令要把彭越地區十五歲以上的壯丁全部抓起來殺掉，以處罰他們曾經幫助彭越守城。

當地百姓聽到這個消息，嚇得不知所措。想到家家戶戶都將要有人遇害，整個城池陷入一片悲傷的哭泣之中。

這時候，一個十三歲的少年挺身而出，獨自求見項羽。項羽見到這個孩子舉止端莊有禮，就問他有什麼事情。少年義正詞嚴地說：「彭越來到外黃城，一直欺壓這裡的百姓，大家都盼望大王能來解救百姓。誰知道大王一進城就要大開殺戒，不知道這是真的嗎？我們一直認為大王很仁慈，如果真的這麼做，會對大王非常不利啊！」

項羽回答說：「我也知道彭越對外黃城的百姓很殘暴，但是你們不該幫著他守護城池，阻礙我的大軍，現在造成我很多兄弟血染沙場，這筆帳怎麼算？我只是處死了一部分人，已經很仁慈了，難道真的會有什麼不利嗎？」

少年不急不慢地說：「大王請息怒，您想一想，如果外黃城的百姓真的想著彭越，他逃走以後，老百姓如果繼續抵抗，您能那麼快就順利進城嗎？這裡的老百姓其實都不願意和大王作對啊！現在，如果大王把已經投降的百姓處死，那些其他城池的人聽到這個消息，還敢打開城門迎接大王嗎？如果所有的城池，所有的百姓都拼著性命和大王作戰，您的軍隊再強大，打起仗來也會很吃力的啊！這難道就不是不利於您的事情嗎？」

項羽覺得這個孩子的話很有道理，如果真的激起民憤，外黃城以外的百姓都把楚軍當做敵人，對今後的戰鬥確實非常不利，就撤銷了原來的命令，赦免了全城的百姓。

【成功心語】

外黃少年沒有驚人之語，他敢於主動站出來，去說服殺人如麻的霸主，其勇氣是最感人也是最有效的武器！

〇八五——荀灌智勇救危

荀灌是西晉襄陽太守荀崧的女兒，從小機靈聰穎，喜歡舞槍弄劍，將一杆銀槍揮舞得出神入化。不僅如此，小荀灌還掌握了調兵遣將的本事，時常盼望派上用場。

西元三一六年，正逢西晉大亂，荀崧的部下杜曾利用流民起義的力量趁機叛亂。小荀灌看見父親率城內軍民堅守陣地，苦苦對峙數日，卻危在旦夕，心裡也在打著主意，想要助父親一臂之力。面對敵軍逼近，荀崧心急如焚，召集將士商量對策，說：「我們現在唯一的出路就是，向平南將軍石覽求援。」話音落地許久，卻沒有一個人敢接腔。原來，襄陽被叛軍圍得水泄不通，大家保持著沉默，場面異常冷清，也異常尷尬。

荀崧悲從中來，搖著頭大笑：「也罷！我去尋求救兵吧！」就在這個時候，十三歲的荀灌跑進帳來，主動請纓：「爹爹，軍中不可一日無主，我去！」荀崧的熱淚湧上來，撫摸著女兒的頭說：「你一個小女孩，怎麼可以去冒險呢？」荀灌高傲地握著雙拳，大聲懇求說：「我從小跟隨你學習武藝，才不會輕易被人擊潰。我觀看敵人多日，心中早有妙計。爹爹只管放心，在城門等著接應！」

眾將士本來還暗地懷疑荀灌吹牛，見她又頭頭是道地講述計畫，不禁羞愧難當，紛紛報名一起加入突圍。到了深夜，趁著月黑風高，小荀灌手握雪亮的銀槍，率領著十幾位精悍驍勇的軍士，一馬當先地投射出城門，向著遠方飛馳而去。

圍困襄陽的杜曾沒有料到有人大膽突圍，正在為即將破城的美夢飲酒作樂。等到巡哨發現人影，小荀灌已殺開了一條血路。她指揮兵馬分成三路，順利實現衝殺、誘敵、斷後的任務，在敵營橫衝直撞，成功抵達了開闊的安全地帶。

小荀灌一行連夜急行軍，很快來到了平南將軍的駐地。石覽將軍起初還很怠慢，不肯放下手中的飯碗，結果被小荀灌訓斥了一番。小女孩說：「救兵如救火，你要是再拖延，這火就會燒到難以澆熄了！」石覽將軍為她的果敢和英勇感到震撼，立即親帥援兵趕去解圍。而小荀灌還不肯甘休，為了更加有力地驅逐叛軍，又以父親的名義給潯陽太守周訪寫了一封情辭迫切的求援信，然後才跟著援兵火速返城。

隨著兩路援軍的及時協助，不可一世的杜曾腹背受攻，被迫倉皇撤兵。襄陽軍民安全得救，無不嘖嘖讚歎小荀灌的壯舉，並讓這一段佳話源遠流傳。

【成功心語】

勇氣是人們處於逆境中的光明。一顆無畏的心，往往能助人避免災難。小荀灌的勇敢不但救了全城，也讓她自己贏得了最精彩的人生美譽。

〇八六——李東陽和皇帝對詩

李東陽是明朝著名的詩人、書法家和政治家，曾經當過禮部尚書和文淵閣大學士。傳說他在四歲的時候，就能夠書寫直徑超過一尺的大字，當時的人都稱他為神童。不到十歲的李東陽參加童子試，順利奪魁，被明代宗接見。眾所周知，童子試是由縣、州、府主辦的，通過以後才能參加科舉考試。很多人到老也沒有取得科舉資格。

李東陽被召入皇宮晉見，明代宗看到個子矮小的李東陽邁不過宮殿的高門檻，只能由父親抱進門，覺得很有趣，隨口說出一句：「神童腿短。」李東陽聽見了，馬上應和說：「天子門高。」明代宗喜愛他的機智，便把李東陽叫到身邊，一把抱在懷裡，親熱地問這問那。

明代宗看見李東陽的父親站在宮殿外面，立即出了一個上聯：「子坐父立，禮乎？」意思就是說，兒子舒舒服服地坐著，父親卻只能站立在一旁，這是符合禮儀的嗎?李東陽馬上回答：「嫂溺叔援，權也。」意思就是說，嫂嫂被水淹了，小叔子伸出援手，雖然不符合禮儀，卻也是一種權宜之舉啊！

明代宗一邊點頭，一邊受到大殿上穿著盔甲、威風凜凜武士的啟發，說：「螃蟹渾身甲冑！」李東陽想了想，看著一旁的文官，高聲回答：「蜘蛛滿腹經綸。」

明代宗連聲誇讚李東陽，賞賜了他很多東西。李東陽在十六、七歲的時考中了進士，從此走上仕途。

【成功心語】

小東陽的學問靈活機變，能夠根據不同的環境給予對應，讓人看了既佩服又欣喜。

【字詞注釋】

經綸（ㄐㄧㄥ ㄌㄨㄣˊ）

【釋義】：整理絲縷、理出絲緒和編絲成繩，統稱經綸，借指抱負與才幹。

【例句】：孔子滿腹經綸，向世人傳遞著文化的火種。

〇八七——少女英雄馮婉貞

第二次鴉片戰爭末期，也就是西元一八六零年，英法聯軍從天津侵入中國陸地，直撲北京圓明園。在距離圓明園大約十里的地方有一個謝莊，那裡的住戶大多是獵人，其中一個叫馮三保的武藝高強，被推舉做了地方武裝團練的頭目。馮三保的女兒馮婉貞當時只有十多歲，但是從小跟隨父親舞槍弄棒，練就了一身好武藝。

面對敵人的侵略，馮三保父女倆帶領鄉親，在村口修築了石寨等防禦工事。大家拿出打獵的火槍等武器，誓死保衛自己的家園。

一天中午，一個英國軍官帶著百十來個士兵逼進了村子。馮三保帶領大家計退英軍，大家回到村子慶祝勝利，都誇讚馮三保調度有方。只有馮婉貞很擔心，說：「這一小群的敵人退卻了，一定會帶來大批敵人。如果再用上大炮，我們可就難對付了！」馮三保覺得有道理，也皺起了眉頭。馮婉貞想了想，提議說：「敵人的長處是洋鎗洋炮，善於遠距離進攻。我們的長處是拳腳功夫，在貼身肉搏中占優勢。如果用我們的長處去對付敵人的短處，和他們近距離作戰，應該可以取得好成效！」馮三保卻不同意，說：「精通武術的不過百十來人，如果去和強大的敵人交手，無異於羊入虎口。你一個小孩子，不要多嘴！」

馮婉貞見父親不相信自己，決定獨自想辦法。說幹就幹，馮婉貞召集村中的夥伴，簡單敘述了自己的計畫，大家歡呼著點頭。

少年們換上黑色的勁裝，拿著雪亮的鋼刀，悄悄到村外的大樹林隱蔽起來。沒多久，五、六百敵人帶著大炮靠近了。馮婉貞等人從天而降，將措手不及的侵略者殺得四處逃竄。看到侵略者開始撤退，馮婉貞又大聲招呼同伴：「敵人想退遠了再用鎗炮對付我們，趕緊追上去，殺他個片甲不留！」少年們緊緊追擊，雙方混戰敵人始終沒有機會使用鎗炮，戰鬥持續到傍晚，馮婉貞與同伴打死打傷一百多名侵略者。

【成功心語】

大敵當前，嬌弱的女子也會在險要時刻動腦，依靠獨特的優勢取得小小的勝利。馮婉貞善於觀察和分析，想出打仗的道理，並巧妙運用起來，實在是自古英雄出少年的又一典範。

○八八——孫叔敖砸蛇救人

孫叔敖是春秋時期傑出的政治家，曾經在楚國擔任令尹，就是相當於宰相的官職。他非常重視老百姓的生活，主張「施教於民」，讓老百姓得到教化，治理國家方面主張「布政以道」，用合符天理道義的方式來施行政令。

孫叔敖從小就胸懷大志，把替百姓造福作為自己一生的追求。

一天，孫叔敖在山林裡遇到一條大蛇擋在道中。他撿起旁邊一根樹枝扔過去，希望把大蛇嚇走。可大蛇不僅沒有挪動地方，還抬起腦袋，張開嘴巴，吐出鮮紅的舌頭。少年孫叔敖並不害怕，又找來一根長一些的樹枝應付。當他剛把樹枝伸過去，就被那條蛇一口咬住，竟然從本來應該是尾巴的地方又冒出一個腦袋！

「怪物啊！」孫叔敖大吃一驚，扔掉手中的樹枝，轉身就跑。

等他覺得安全了，才坐在路邊直喘氣。休息了一會兒，孫叔敖正準備起身回家，突然想到一個問題，忍不住自言自語起來：「那條大蛇還會危害路人，我可不能一走了之！」孫叔敖鼓起勇氣，回到剛才的地方，用巨石砸死了兇狠的大蛇。

孫叔敖快步跑回家，見到母親就號啕大哭。母親不明就裡，趕緊追問。孫叔敖說：「人們都說看見雙頭蛇的人會死去，我今天就看見了。想到母親無人侍奉，我就特別傷心。」

母親愣了，忙問：「真的嗎？那條蛇現在怎麼樣了？」

孫叔敖擦了擦眼淚，回答：「我怕它再傷害路人，已經將它打死埋掉了。」

母親一把拉過兒子，緊緊地抱在懷裡，輕聲安慰說：「乖孩子，為了助人而不顧自己的安危，這就是積德啊！神靈知道了，也會保佑你的！你放心，我們會長壽的！」

果然，孫叔敖並沒有因為見到了雙頭蛇而死去。在他不到三十歲的時候，就被楚王看中，出任了楚國的令尹，實現了自己的無數夢想。

【成功心語】

孫叔敖怕的不是蛇，而是蛇可能傷害其他人。正因為這樣的善心，他才鼓足勇氣消滅了擋道的惡蛇，最終也得到很好的福報。危難的時刻，能夠率先為他人著想的人，應該是最有智慧的仁者，理應得到眾人的尊重。

○八九——爾朱敞換裝脫險

爾朱敞是南北時期的人，他的父親是北魏的大官，叔父是少數民族契胡的首領。爾朱是契胡的姓氏，就是羯族，這個民族存在時間比較短暫，以前是匈奴的奴隸，趁著匈奴造反時崛起為獨立的民族。

南北朝時期是中國歷史上最動盪的階段之一，國家四分五裂，每一個豪強都在做著皇帝夢。北齊創建者高歡率軍擊敗爾朱氏以後，把他們家族全部抓獲，帶回北齊軟禁了起來。

爾朱敞當時只有十二歲，卻一直想著脫身的辦法。他知道，高歡是一代梟雄，從造反起家，又脫離起義軍投靠爾朱氏，自己羽毛豐滿後又賣主求榮。高歡現在之所以沒有處死爾朱家的人，是擔心爾朱氏還很有聲望，害怕處死爾朱家族以後，引來他們追隨者的報復。別看現在爾朱氏住在宮殿裡面，有吃有喝，跟外界一點聯繫也沒有，一旦時機成熟，全家人都難免人頭落地。

為了順利逃出去，首先得讓敵人放鬆警惕。爾朱敞裝得像個什麼也不懂的小孩子，整天在宮裡四處遊蕩，滿臉笑嘻嘻的，就像沒有憂愁的樣子。暗地裡，他卻努力尋找逃走的路線。他發現在花園的牆角有一個狗洞，雖然不大，瘦小的自己卻可以鑽出去。

趁著衛兵的一不留神，爾朱敞縮身鑽了出去，撒腿就跑。衛兵馬上發現了變故，追到狗洞前想要阻止，卻被小缺口阻攔無法跟進。他們一邊報警，一邊繞到大門，開始追趕。

沒跑多久，爾朱敞就發現追兵圍聚上來。他提高了速度，竄到了熱鬧的街市。爾朱敞一會兒鑽進店鋪，一會兒穿進小巷，向著城門的方向靠近。有好幾次，他都看見士兵在街上抓住服飾華麗的小孩子盤問。爾朱敞心裡一動，明白不是所有的衛兵都認識自己，只不過是憑藉衣服特徵來辨認。

爾朱敞毫不猶豫地脫下華服，和街邊上玩耍的孩子進行了交換。他穿上又破又舊的衣服，飛快地跑向城門，果然順利地出了城，逃到了安全的地方。

【成功心語】

任何時候，都要學會觀察身邊的事物變化。聰明的爾朱敞深陷絕境，卻不慌不忙，在小細節中發掘生機，最終達成了平安出城的計畫。

〇九〇——楊寶救鳥

楊寶是東漢時期弘農華陰人，因為刻苦鑽研歐陽生的《今文尚書》，成為一代大儒。

九歲那年，楊寶到華陰山去遊玩。走到山的北坡，他被滿山怪石和參天的大樹吸引，忍不住東張西望起來。突然，頭頂傳來一陣驚慌的鳥叫。他抬頭一看，發現一隻黃鶯正在拼命飛逃，後面一隻老鷹緊緊追趕。只見老鷹飛到黃鶯上方，雙翅一收，箭一般衝了下來。隨著一聲淒厲鳥叫，黃鶯被老鷹有力的腳爪抓在了。

楊寶十分擔心小黃鶯的安危，不由得暗暗禱告，希望黃鶯能掙脫出來。說也奇怪，隨著黃鶯的掙扎，真的從鷹爪裡掙脫了，一直掉落在地上。因為下面有很多樹叢遮擋，老鷹沒有辦法降落下來，只好拍拍翅膀飛走了。

楊寶把受傷的黃鶯帶回家裡，細心地為它包紮好傷口，又找來一個小木盒，裡面墊上柔軟的棉花，作為小鳥的新家。每天，他都捉來新鮮的小蟲子餵養小黃鶯。隨著精心的照料，小黃鶯一天天康復，可以自己飛翔。

楊寶打開了盒子，讓黃鶯拍著翅膀，唱著悅耳的歌，飛上了藍天。

這天晚上，楊寶做了一個夢，夢裡來了一個身穿黃色衣服的小孩子，他向楊寶拜謝說：「我是西王母的使者，在前往西天蓬萊仙道時遇到危險，感謝你救了我的性命，特來送你四個玉環，可以保佑你的子孫品德高尚，都做大官。」

後來，楊寶的兒子楊震，孫子楊秉，曾孫楊賜，玄孫楊彪真的都做到了「三公」那樣的高位。他們一個個人品出眾，就像四隻玉環一樣潔白無暇。

【成功心語】

種善因，得善果！小小的楊寶雖然不明白什麼大道理，卻在自覺中體貼照顧受傷的小鳥，最終得到一份豐厚的饋贈。對於他和小鳥來說，誰的恩情更大？

【名著簡介】

《今文尚書》：《尚書》是中國上古歷史和部分追述古代事蹟著作的匯編。漢初秦博士伏生傳下二十九篇，後人又陸續增添，分大、小夏侯和歐陽三家。因為用漢隸書寫，區別於古《尚書》，所以稱《今文尚書》。

忠孝篇

當一個人心裡想的不僅僅是自己，那麼能夠湧現的能量也可能在愛的滋養中加倍成長，直到完成一個看似根本不可能的任務，或者成功挑戰一個看似毫無希望獲勝的目標；對父母長輩的孝順，不是只停留在口頭，重要的是，一顆孝順的心，哪怕是一點點力所能及的小事，也是能夠感天動地的。

○九一 謝定住打虎救母

明朝時，河北廣昌縣有個叫謝定住的農家孩子，他從小失去了父親，和母親及弟弟們一起相依為命，靠種田為生。日子過得雖然不算富裕，卻也能保證溫飽，家人和睦快樂。

一段時間，太行山上出現了一隻猛虎，打破了小山村的寧靜竟然在大白天跑到田間吃人。村民們無可奈何，只能成群結隊下田幹活。時間長了，村子裡出現大規模搬遷。

有人勸謝定住一家也趕快搬走，但是謝母不樂意，說：「孤兒寡母到哪裡都是受苦，離開這裡說不定更糟！今年的莊稼不錯，看來會有一場豐收呢！」一旁的謝定住也不想背井離鄉，安慰說：「母親不用擔心，老虎來了，我不把它打死，也會把它趕走的。」母親笑著點頭。

沒過多久，擔心的事情終於發生了。傍晚時分，謝定住剛從田裡回家，就聽見外面「嗷嗚」一聲虎嘯，大黃牛嚇得撒腿就跑。在莊稼人眼裡，黃牛可是家裡的寶貝，耕田犁地都少不了它。謝定住的母親急得忘了一切，立即起身追了出去。謝定住和弟弟也緊緊跟隨。

跑出沒多遠，老虎從隱匿的樹叢跳了出來，把母親撲倒在地，連弟弟也跟著滾落。在這萬分緊急時刻，謝定住順手操起旁邊一根大木棒，用盡渾身力氣打在老虎的頭上。老虎放開母親轉身跳開。謝定住扶起母親和弟弟，趕緊往家跑。沒想到，老虎僅是臨時撤退，猛然又轉身追了上來。很快，老虎的一雙爪子已經搭在了母親的肩頭。

謝定住臨危不懼，對準老虎面門又是一棒，老虎疼痛難忍，轉身跑進樹林。母親有些惶恐，低聲說：「這隻老虎窮追不捨，一定是餓壞了。我們得快點跑，要不然危險大了！」話音剛落，老虎果然又衝了上來。兩兄弟身體靈活，火速閃到了一邊。老虎撲過來，一下子咬住了母親的腿，拼命往後拖。謝定住著急了，竭力抓起身邊的一塊大石頭，狠命砸在老虎頭上。老虎的的另一隻眼睛也打出了血，這才哀號著鬆開嘴，飛快逃回了山裡。

有村民目睹了謝家人虎口脫險的場面，將謝定住的事蹟講了出去。明成祖知道後，下令為謝定住建了一座「孝勇」牌坊，表彰他的孝心和勇敢。

【成功心語】

謝定住一心想要保護母親和弟弟，全身迸發出驚人的力量。可以這麼說，當一個人心裡想的不僅僅是自己，那麼能夠湧現的能量也可能在愛的滋養中加倍成長，直到完成一個看似根本不可能的任務，或者成功挑戰一個看似毫無希望獲勝的目標。

〇九二——連心母子曾參

曾參是春秋末期魯國人，是孔子最著名的七十二個學生之一，被尊稱為「曾子」。在《論語》中，就有曾子最著名的言論：「吾日三省吾身；為人謀而不忠乎？與朋友交而不信乎？傳不習乎？」意思就是，我每天多次反省自己，替別人謀畫的時候是不是盡心盡力了？和朋友交往的時候，是不是注重了誠信？先生傳授的知識是不是複習了？

幼年的時候，曾子的家裡非常貧困，床是用繩索拉成的，煮飯用的鍋灶是別人丟棄的破瓦罐，苦苦維持著一日三餐的清粥鹹菜。曾子從來不抱怨，而是更加孝敬父母，不僅上山砍柴出外打工，還要抽出時間來讀書學習。

父親不在家，家中柴禾已經用盡，曾子告別母親上山打柴。不久，有客人到訪，曾母不知道應該怎麼辦才好。在那個時代，接待客人是男人的事情，而且有一定的禮儀要求。曾母很著急，忍不住把手指放到嘴裡狠狠地咬了起來，頓時疼得渾身顫抖。

說來也怪，遠在山上打柴的曾參同時感到一陣鑽心的疼痛，連手裡的斧頭也握不住，掉在了地上。曾參看手上並沒有傷口，開始疑惑疼痛的原因。突然，他想到「母子連心」的古語，認為一定是母親有事情發生，便不顧一切地跑回家。

一進家門，曾參就急急地詢問母親有無意外。母親說：「有客人來訪，我正想讓你回家接待呢！」曾參趕緊按照禮節款待了客人，解了母親的困擾。

曾參真是一個孝子，不然怎麼會有母子連心的神奇感應呢！

【成功心語】

俗話說「百善孝為先」，一個人如果連生養自己的父母都不能做到孝順和奉養，又怎麼能成為一個對大眾有愛心的人呢？曾子正是因為他崇尚孝道，才會和母親產生心靈感應，也正是因為他的孝道，使他成為名垂青史的人物。

〇九三——吳猛恣蚊

吳猛是晉朝豫章人，不滿周歲時喪母。父親是一個老實的普通人，整日既當爹又當娘，用盡全力呵護著幼小的兒子。轉眼吳猛就八歲了，正值壯年的父親卻因常年勞累而虛弱不堪，看起來比實際年齡蒼老許多。

因為居住在酷暑難耐的南方，夏日的蚊蟲格外猖狂，猛叮吳猛的父親。吳猛家實在是太貧窮了，吳猛看在眼裡，急在心裡。鄰居可憐這對孤苦的父子，送來一些艾葉，教導吳猛點燃燻燒來驅逐蚊蟲。可是父親身體很孱弱，聞到煙氣就不住地咳嗽。他左思右想，一個獨特而大膽的念頭浮到了心頭……

吳猛出人意料地脫掉了上衣，赤裸地趴在父親身邊。這個夜晚，父親第一次睡了一個通宵。看著父親精神飽滿地睜開眼睛，發出滿足而幸福的感歎，吳猛趕緊穿上了衣服，不讓他看見那大大小小的紅色疙瘩。父親一轉身，吳猛就忍不住抓撓起來，身上的皮膚頓時變得傷痕累累，但他一點抱怨都沒有。

此後的很多個夜晚，吳猛都如法炮製。

又一個蚊蟲猖獗的夜晚，父親起來小解，終於發現了兒子的秘密。他激動得涕淚長流，一把摟過兒子，顫抖著說：「我的孩子啊，你怎麼可以這麼傻啊？！」吳猛以癡孝侍奉父親直到終生，幼年的故事也被載入中華《二十四孝》中。當他去世後，被人們敬奉為聖賢仙佛，永遠地傳誦下來。

【成功心語】

孝是為人之本，百善之首，人類最基本的情感。孝心人人皆有，但吳猛的「孝」卻很難有人做到。他的孝行雖近於癡，但卻是從內心深處發出的愛的馨香。「孝」並不一定是物質，在你能力所及的範圍內，有感恩的心，用心去愛，就是真正的「孝」！

【字詞注釋】

猖獗（ㄔㄤ ㄐㄩㄝˊ）

【釋義】：自大而行事毫無遮掩。

【例句】：一到夏天，密林裡的蚊蟲就猖獗起來。

○九四——黃香溫席

黃香是漢朝時期湖北江夏人，九歲的時候失去了母親，對父親十分孝順。

黃香家比較貧窮，日子過得緊緊巴巴。冬天來了，家中僅有薄被兩張，也沒有多餘的錢置辦取暖的器具。北風順著破壁滲入，屋子裡冷得就像冰窖一樣。黃香雖然只有九歲，看到勞作一天的父親又累又寒的樣子，心疼極了。

一天晚上，黃香照例拿出書本學習。因為天冷難以入睡，父親坐在廚房裡已經熄滅的柴火邊，利用剩下的一點點餘溫取暖。凜冽的寒風吹來，黃香的小手凍得發疼。他抬眼瞅瞅父親佝僂的身軀，忍不住鼻子一酸，感歎說：「好冷啊！父親怎麼能入睡呢？」

黃香愣了許久，突然放下手裡的書，悄悄來到父親的房間。他鋪好枕被，脫下自己的衣服，光溜溜地鑽進冰冷的被窩。不一會兒，被子裡面就因為積聚了黃香的體溫而漸漸暖和起來。他這才爬出來，穿上衣服，請父親前去睡覺。

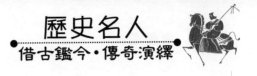

父親聽到兒子一番述說，看到他凍得通紅的臉頰，心疼地說：「傻孩子！以後不准這樣了！你要是生病了，我怎麼對得起你死去的娘啊！」

寒夜漫長，彼此關懷的溫情就像浩瀚的紅日，讓一對貧賤父子有了些許安慰。

到了夏天，湖北地方炎熱潮濕，蚊蟲很多，簡直沒辦法睡覺。很多人都在外面乘涼，直到實在疲憊得不行了，才回到床上勉強入睡。大家沒有辦法對付濕熱和蚊蟲，只能使出這樣無奈的方法。

黃香又是第一個想到父親，他暗地嘀咕：「這樣怎麼能休息好呢？如果也和大家一樣，父親不是要少睡很長時間嗎？」為了讓父親能多睡一會兒，每天晚上，黃香都拿著大蒲扇，在父親的窗前搧來搧去，驅趕走蚊蟲。等到枕席涼快一點，他才去請父親來安睡。而這個時候，幼小的黃香已經累得滿頭大汗，直喘大氣了。

大家聽說了黃香的故事，都稱讚他是一個孝順的好孩子，紛紛流傳著這樣一句話：「天下無雙，江夏黃香。」

【成功心語】

對父母長輩的孝順，不是只停留在口頭，也不是僅僅靠單純的贍養費來完成的。重要的是，一顆孝順的心，哪怕是一點點力所能及的小事，也是能夠感天動地的。

〇九五——楊香打虎救父

楊香是晉朝時候河南地區的一個女孩子，母親過世很早，父女倆相依為命。楊香雖然是個女孩子，從小就跟著父親一起下田幹活，除草挑水，樣樣能幹，一點也不比男孩子遜色。

這一年秋天，楊香已經十四歲了。看著辛辛苦苦耕作的莊稼有了收成，她的心裡別提多高興了。楊香和父親一起到田地裡收割成熟的小米，從早上幹到傍晚，累了就在田間地頭吃點乾糧，喝點涼水，稍微休息一下又繼續做。他們的田地靠近山邊，所以也就天黑得早一些。眼看天色越來越暗，父親說：「我們必須把這一片田裡的莊稼全部收完，不然晚上要是下起雨來，可就糟糕了。」

天色漸漸黑下來，突然刮起了一陣大風。楊香的父親站直身體，伸手抹了抹滿臉的汗水。楊香卻顧不得歇氣，抱起父親收割下來的莊稼，運送到另一邊的田埂上。突然，楊香聽到身後傳來「啊嗚」一聲大叫。回頭一看，一隻吊睛白額的老虎正從山裡面衝出來。

「爹爹，快閃！」黃香趕緊招呼父親躲避。

老虎實在太迅猛了，父親還沒來得及逃走，就被老虎按在地上，眼看就要成為老虎的晚餐了。楊香看在眼裡，急在心頭。她不顧一切地扔掉手裡的莊稼，瘋了一樣衝向老虎。老虎才不理睬她，張開血盆大口，準備咬向父親。楊香顧不得手無寸鐵，飛身爬到老虎背上，用小手緊緊抓住老虎額頭的虎皮，另一隻手攥緊小拳頭，劈頭蓋臉地在老虎頭上捶打。

也許是楊香奮不顧身的舉動感動了上天，也許是她又打又叫嚇壞了老虎。兇猛的老虎竟然有些害怕，丟下倒在地上的父親，轉身就往山林裡跑。楊香這才從虎背上跳下來，扶起已經嚇得臉色蒼白的父親，平安地回到了家。

【成功心語】

楊香打虎救父的故事流傳了上千年，一直被人們稱頌。當然也免不了懷疑論者認為這純屬虛構，十四歲的女孩子怎麼可能是老虎的對手？其實，真正的關鍵在於，這就是愛的力量，因為愛而激發出的超出想像的能力。

○九六——閔損蘆衣順母

閔損是春秋時期魯國人，也是孔子的學生。他學習特別認真，能夠把孔子的理論運用到生活之中。閔損和顏淵兩人被孔子認為是自己的門生中德行最好的，其中閔損特別重視孝道，因為他又叫子騫，所以孔子曾經讚歎他說：「孝哉閔子騫。」

閔損年幼的時候，母親就去世了。父親忙於生計，就為兒子找了後母。閔損像對待親生母親一樣孝順後母，得到的卻是惡言冷語。過了幾年，後母先後生下兩個男孩，對閔損的態度更加惡劣。閔損的父親在外面很忙碌，難得回家，家裡的狀況也不清楚；後母對弟弟照顧得無微不至，隨時添加衣物，追著他們問想吃什麼。而對閔損卻不聞不問，經常是等弟弟們吃飽了才讓他上桌收拾殘羹剩飯。儘管這樣，閔損還是對後母很恭順，從來沒有一句怨言，更不在父親面前說出真相。

冬天來了，後母興致勃勃地給兩個弟弟都做了新棉衣，衣服的夾層裡面填滿了鬆軟的棉花，穿起來又保暖又舒服。閔損也得到一件新衣服，不過這件衣服是用給弟弟們做衣服剩下的布拼湊成的，夾層裡面也沒有棉花，而是塞了些蘆花代替。這件衣服看起來也是蓬蓬鬆鬆，好像很厚實的樣子，實際上一點也不保暖。閔損一句話也沒有說，接過來披在身上，在眾人面前還表現出極大的喜悅。憨厚的父親很高興，覺得自己找了個賢內助，讓兒子得到了好照顧。

有一天，父親要出遠門辦事，就讓年長的閔損幫自己駕車，北風呼嘯，閔損的冒牌棉衣不能抵擋嚴寒，凍得瑟瑟發抖。他的雙手拿不住韁繩，竟直掉了下來。父親呵斥道：「你這是在家裡舒服慣了？連這點小事都做不好！」父親順手用馬鞭抽了他一下，閔損的衣服背上立即破了。隨著狂亂的北風，從裡面飄飛出大片大片的蘆花。父親見狀大吃一驚，連忙追問兒子真相。當他聽完了所有過程，憤怒得打算馬上回家休棄偏心的妻子。

閔損拉住父親，流著淚說：「現在這樣，不過是我一個人挨餓受凍。如果把後母趕走，父親怎麼可以照顧好自己和三個孩子呢？那樣的話，就會連兩個弟弟也一起受苦了。」父親很痛苦，脫下自己的棉衣大哭起來。後母知道了這件事，被閔損的善良和寬容感動。她向丈夫認錯，開始善待閔損，一家人和睦地生活。

【成功心語】

以德報怨，是中華民族的傳統美德。閔損為了保住家庭的完好和父母感情的穩定，不惜忍受淒涼的待遇。當事情最終爆發，他的寬容感動了鐵石心腸的後母，一家人重新回到和睦相親的狀態。這樣的大度和胸懷，難道不能給事事不肯妥協退讓的現代人一點啟示嗎？

〇九七——王祥臥冰求鯉

王祥是山東人，歷經了漢、魏、西晉三個朝代。他因為從小特別孝順，在魏晉兩朝都做到了「三公」的高位。東晉時期的大書法家王羲之，就是他的後代。

王祥幼年淒苦，後母朱氏很不喜歡他，常常在丈夫面前說他的壞話。父親本來很喜歡這個兒子，但是經不住朱氏每天在耳朵邊叨念，漸漸對王祥也失去了信任和寵愛。為了維持家裡的和睦，王祥默默承受著，從不抱怨。後母生病的時候，王祥無微不至地照顧著。餵藥的時候，還要先嘗一下冷熱是否合適。可不管他怎樣盡心，後母還是不滿意，變著方兒把他當成奴隸一樣使喚。

有一年冬天，外面飄著鵝毛大雪，後母對父親撒嬌說：「哎呀，我好想吃新鮮的鯉魚湯啊，你趕緊去做一碗！」當時的江河湖泊都結凍了，哪裡去找鮮魚啊！父親出去轉了很多次，都一無所獲。後母又哭又鬧，不准丈夫睡覺，家裡沒有片刻安寧。

為了能讓後母順心，王祥對父親說：「爹爹，我出去看看吧！你趕緊喝點熱粥，休息一下吧！」父親看著懂事的兒子，又看看驕橫的妻子，不斷地歎氣。

來到白茫茫的郊外，王祥東奔西走也找不到鮮魚。望著結滿厚冰的江面，王祥嘴裡一個勁地念：「出來吧，出來吧！我只要一條魚就夠了！」突然，他想出一個主意：「解開身上的衣服，趴在冰面上。王祥打算用自己的體溫化開冰面，為後母取得鮮魚。」

「好冷啊！好冷啊！」王祥被凍得渾身發抖，卻一動不動地堅持著。隨著身體的熱氣一點點散發，冰也漸漸化開了。也許是孝心感動了上天，冰面上猛地裂開了一條縫，兩條活蹦亂跳的鯉魚從水裡跳出來，正好落在王祥的腳邊。

王祥捧著鮮魚趕回家裡，為後母做了一碗香噴噴的鯉魚湯。父親與後母聽說了這個事情，羞愧得流下了淚水，從此改變了對王祥的態度。

【成功心語】

小王祥心疼左右為難的父親，毅然做出令人含淚的舉動，實在是感天動地。幸運的他遇到了一個知錯就改的後母。要不然，這樣的犧牲會讓人永遠痛徹心扉。

○九八——孟宗哭竹生筍

孟宗是三國時期江夏人，出生在孝昌縣周巷鎮青山口孟家栗林的一個農民家庭裡面。他幼年喪父，和母親相依為命。

孟宗非常孝順，對母親的話百依百順。有一次，母親生病了。孟宗按照醫生的叮囑去抓藥、熬藥，小心翼翼地端到母親面前。隨著兒子精心的照料，母親逐漸恢復有了好轉，但是總沒有胃口，吃不下東西，身體還是很虛弱。

孟宗很著急，就問：「母親，你有什麼想吃的？只有吃了東西，身體才能好起來啊！」母親想了想，說：「唉，除了鮮竹筍做的羹湯，我什麼都不想吃！」

孟宗一聽樂了，拿起刨筍的小鋤頭就出門去。江夏屬於吳郡的領地，由於溫暖潮濕，山地上的竹林中經常冒出鮮嫩可口的竹筍。

可讓人奇怪的是，孟宗翻遍了竹林的每一個角落，也沒有發現一顆竹筍。看著空空蕩蕩的地面，孟宗急得差點哭起來。一陣涼風吹來，孟宗不禁打了一個寒戰，這才恍然大悟：「現在正是隆冬時節，哪裡來的鮮竹筍呢？就算到山上去，也不會找到的！」

想到母親含辛茹苦把自己撫養長大，生病時想吃一碗鮮筍湯都辦不到，孟宗雙手抱著粗大的竹子，哭得像個淚人。眼淚劈里啪啦地掉在地上，浸濕了一片泥地。這時候，天空出現一聲巨響，緊接著，孟宗腳下的土地竟然裂開一道縫，從裡面冒出兩根鮮嫩的竹筍！

「哇，有奇跡出來了！」

孟宗顧不得多想，快快挖出鮮筍，抱回了家中，給母親做了一碗鮮筍湯。吃著美味的筍湯，母親非常高興，很快就恢復了健康。

【成功心語】

凡是真心熱愛母親的人，不會去計較那些看起來辛苦難耐的勞動和汗水。比較於母親為哺乳孩子所付出的辛勞，小孟宗的鮮筍根本不算什麼，僅是回報了萬分之一的恩情！

〇九九——王僧孺抄書養母

王僧孺是南北朝時期著名的詩人和駢文作家，四、五歲的時候就跟隨先生學習《孝經》。他天資聰穎，很快就能背誦裡面的篇目，還將講授的道理運用到生活中，對寡居的母親特別恭敬孝順。

母親靠賣紗和布賺取一點點錢物，不僅要養家餬口，還要供王僧孺念書，實在是非常辛苦。天色還沒有大亮，趁著幼小的王僧孺還在熟睡，母親就趕到城門口，收購那些鄉下人運到城裡來販賣的紗布，然後趕在兒子起床前回到家裡，提前做好早餐，讓他吃完飯後就去讀書。母親匆忙中吃點東西果腹，準備當天的買賣。到了晚上，母親依然不休息，總是安排王僧孺睡下以後，再把當天收來的紗布整理、分類、清洗、晾曬，然後分別計算好價錢，為第二天的買賣做好準備。

看到母親日夜操勞，容顏憔悴，逐漸長大的王僧孺也想去打一點零工，補貼家用。沒想到，母親非常堅決地說：「你不要亂來，只管認真學習。只要你能念書有出息，我再苦再累也心甘情願。」

王僧孺很不甘心，總想找到一個既不耽誤學習，又能減輕母親的負擔的事情來做。

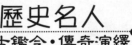

皇天不負有心人，還真讓小王僧孺找到了這種工作。在王僧孺生活的年代，活字印刷術還沒有發明，書籍的印刷出版非常麻煩，有錢人家就雇人抄寫。王僧孺的字體工整漂亮，做事又很負責，很快就謀到了這樣的工作。

憑藉這樣的機會，王僧孺一面領悟掌握更多的書籍和知識，一面順利賺取外快，讓母親可以不再亡命辛勞。隨著業務量的增加，王僧孺抄書得到的報酬竟然比母親賣紗布的所得還多。他索性讓母親在家休養，安然享受平淡而穩定的供養。

依靠艱苦不懈的努力，王僧孺讓母親過上了舒心的日子，自己後來還做了御史中丞這樣的大官，實在是了不起啊！

【成功心語】

王僧孺感念母親的恩德，自發地行進於坎坷的人生道路，用不屈的勞動換回米糧，讓母親可以安享晚年。如果可以讓父母不憂心，不操勞，笑吟吟地品味人生的精彩，這是天下所有子女都應該效仿的好品行啊！

一〇〇——黃潤替父遷移

黃潤是明朝時候的一個小孩子，生活在明初靖難之變的時代，當時明太祖朱元璋去世後，因為太子朱標病死，就把皇位傳給了自己的孫子朱允文。不久之後，被分封在北京的朱元璋的兒子燕王朱棣起兵造反，以清君側的名義奪取了皇位，成為明成祖。

明成祖上台的手段並不光明正大，但是總的來說還算是一位好皇帝。他實行了一系列的改革，老百姓的生活逐漸安定下來，國家越來越富強，創造了明初的盛世景象。朱棣深知北京的軍事地理位置十分重要，準備遷都北京。

在當時，北京只是一個邊防重鎮，繁華程度遠遠比不上南京。為了帶動北京的經濟文化發展，朱棣下令把江南的富裕人家全部遷都北京。

黃潤家屬於大戶，擁有很多的田地財產。因為被納入遷徙的人員名單，父親顯得異常苦悶。他捨不得離開家鄉，每次都以生病為由推托了官府的催促。

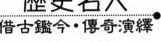

隨著最後的期限逼近，父親已經找不到任何藉口來解釋滯留。十歲的小黃潤體諒父親，跑去對官差說：「我的父親太大了，身體又不好，請讓我代替他遷移到北京去吧！」官差驚訝地瞪大了雙眼，怒氣衝衝地回答：「你以為這是小孩子做遊戲嗎？什麼人應該遷居，上面都是有名單的，怎麼能隨便代替呢？」

黃潤不甘心，再三請求說：「那就請您們代為稟告上面，我的父親年老了，遷移到北京去以後幹不了什麼事。我現在還很小，到了北京以後，只會越來越強壯，能夠為國家出力辦事，這樣多好啊！」

官差覺得有道理，就向上面報告了這件事情。朝廷的官員聽說以後，都被黃潤的孝心感動了，就同意了他的請求。

【成功心語】

小黃潤的請求固然突兀，卻因有著一顆疼惜父親的赤子之心，自然可以打動所有既是人子又是人父的官員，最終成就他的一片孝道。

中醫藥材使用寶鑑

典藏版

中醫師 **廖巧明** 編著

本中醫經典鉅著，由中醫名師**廖巧明**，為使普羅眾生、千萬病患，正確妥適的選用藥材；嘔心瀝血、費時數年，收錄了中國數仟年來的**用藥良方**，去蕪存菁、詳加註釋。包含**中藥屬性**、**用法禁忌**、**用量分寸**，再累加其數十年行醫濟世經驗，終於完成此一彌足珍貴的**漢方使用寶鑑**。

卡耐基

打開成功大門 金鑰匙

台大 高明 —— 編著

卡耐基・開啟成功之門金鑰匙

◎生氣無益：只有不爭氣，沒有不景氣。
◎笑看人生：心存悲天憫人，胸納萬江百川。
◎知足常樂：放下已失去的，珍惜現擁有的。
◎天道酬勤：天生皆平凡，十年磨一劍。
◎寸長尺短：做事盡全力，做人留餘地。
◎聲東擊西：借力使勁，出奇制勝，創造雙贏。
◎廣結善緣：知所進退，強龍不壓地頭蛇。

Succeed

命名寶鑑

Good Name
Good Luck

取對姓名 好運財旺來！

中國文化傳承伍仟年，古往今來「**姓名學**」一直為普羅眾生，所重視運用；
古人曰：「**賜汝千金，不如教汝一藝，教汝一藝，不如賜汝佳名。**」
「**命名**」首重意義、音韻順正、柔爽克剛，趨吉避凶、招福納祥；
本書以更精髓、更新穎的方法，教導指引讀者，淺入淺出、後天彌補，進而融會貫通、運用自如。
期待讀後眾生可以自行判斷，所取姓名之禍福吉凶，獲益匪淺、更能弘揚傳統文化、發揚光大。

上師 玄機子——編著

財經碩士 [redacted] 編著

商戰勝經

高EQ做事・低姿態做人

◎豁達存寬容・留得青山在，不怕沒柴燒。
◎構建好人脈・天晴留人情，天雨好借傘。
◎心寬目視遠・志當存高遠，得意莫忘形。
◎韜光能養晦・靜中多用心，鋒芒不畢露。
◎先捨而後得・珍惜現擁有，放下已失去。
◎行得萬年船・能知所進退，可蓄勢待發。
◎休憩為行遠・勿心存僥倖，事量力而為。
◎蹲低求躍高・真人不露相，量小非君子。

進場策略與退場機制

BUSINESS BIBLE

康熙王朝

朋黨政爭　精彩演繹

徐道存

中國前清的幾位統治者，
鑒於晚明「**朋黨之爭**」，禍延宗社，
導致改朝換代之歷史前車之鑑；
對**朋黨勢力**的結合，
採取了極其嚴厲的懲治和箝制。
康熙王朝則不然，一方面挾「弧矢之利以威天下」，
的歷史背景已塵埃落定，
「上馬奪天下，不能馬上守之」。
故而改採「滿漢同治」的互補、互制之政治手段，以鞏固政權。

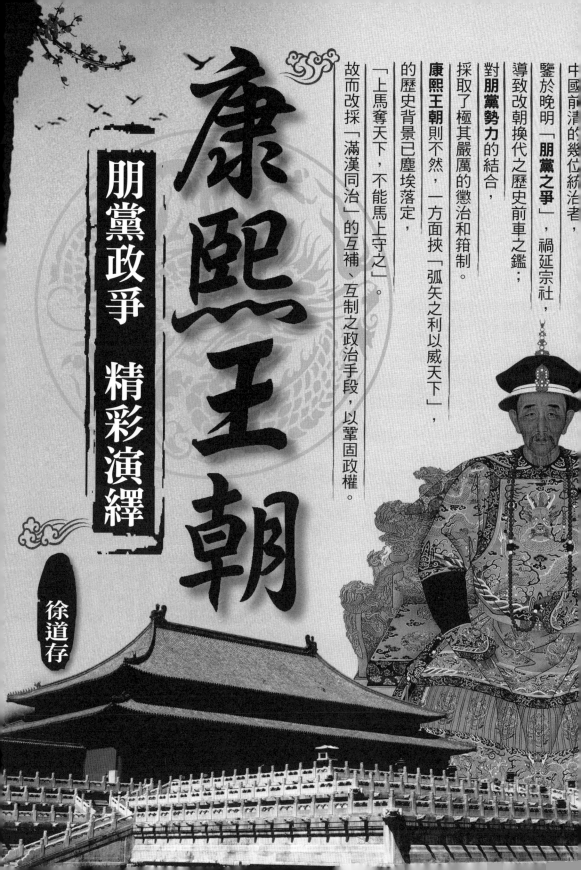

台大 高樓 | 編著

THE SUSSESS OF
RICHEST CHINESE

李嘉誠

縱橫商場

致富商道

李嘉誠千峰為巔・致富商道

◎逆中求勝：善用韜略，能在困境中突圍。
◎知人善用：識人・知人・用人，唯賢是才。
◎審時度勢：把握契機，機運稍縱即逝。
◎穩中漸進：不急功近利，不因小失大。
◎慎估風險：不將雞蛋同置於一個竹籃內。
◎心存善念：慈悲沒有敵人，智慧沒有罣礙。
◎豁達開朗：給別人台階下，換自己機會上。
◎擒王擒賊：結合同道，一舉擊潰主要對敵。
◎合縱連橫：異中求同、方中存圓，廣結善緣。

THE
WISDOM
OF
SUCCEED

玫瑰戰爭

愛情對女性而言，應該是一塊蜜糖，世界上所有正常的女人，
都期望被異性疼愛、呵護與照顧；就算沒有名車豪宅、沒有山珍海味、沒有鑽戒鉅資，
但只要有足夠的幸福，也就能心滿意足、平安樂活過一生。
雖曾風華絕代，可是當妳為他及這個家，柴米油鹽、洗衣煮飯，隨著歲月的流失，人老珠黃、青春不再；
男人臉上遺留下的皺紋叫成熟穩重，女人的則被稱之為滄桑老邁；
男人的發福被美名為穩重成熟，女人則被竊笑為肥胖臃腫。

兩性權威 李婷——編著

War of the Roses

双彩版

碰撞

逆中轉勝 歡喜收穫

台大高明—編著

那亞芬・貝里德（Ralph Parlette）美國近代史上極著名、最偉大的實踐理論主義者；廣受社會大眾，推崇的心靈治癒師、弱勢族群服務工作者。他窮其一生所學，去蕪存菁、擷取精髓，以他親身的經驗、體察，告訴芸芸眾生：如何完成一生心願？如何邁向成功坦途？做了3000多場的大型演講。耳提面命的引導數佰萬人，**脫胎換骨**、**洗滌心靈**，改變了一生的命運，迎向燦爛的大道。

老二哲學

精髓版

Thick Black Philosophy

厚黑生存術

北大 劉燁——編著

防人之心不可無・害人之心不可有

◎低調制勝：低姿態做人・高ＥＱ做事。**◎以柔克剛**：實力勝蠻力・智取勝強求。

◎淡泊寧靜：寧從順中得・莫由險中取。**◎大智若愚**：小事可糊塗・大事聰明定。

◎藏鋒匿芒：平生少樹敵・切忌強出頭。**◎悲天憫人**：慈悲無仇人・寬容多朋友。

◎以退為進：別人台階下・自己機會上。**◎戒慎恐懼**：凡事留餘地・行得萬年船。

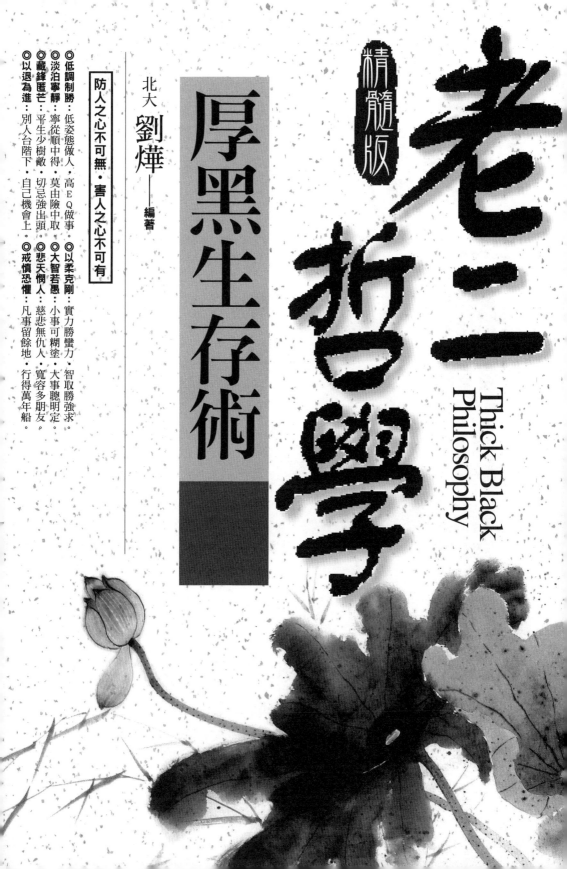

讀心術

一眼看透人性

劉燁

人性透析觀察站

◎極速知人：一眼看透人性的秘訣。
◎以貌相人：透過外表特徵看性格。
◎裝扮觀人：由衣著打扮分析個性。
◎言語判人：交談對話可洞悉水平。
◎舉止看人：行為動作能探察心機。
◎品性評人：品德行為為修養本質。
◎嗜好斷人：興趣癖好來透視內心。
◎細節驗人：魔鬼往往隱藏在細節。

金文堂 綜合 出版事業集團
Golden Hall
Publishing Group

精典國學磐石-09

借古鑑今 歷史名人 傳奇演繹

出 版 者・金文堂文化事業公司
地　　址／70263 台南市南區永成路三段138號
電　　話／(06)-2630078（代表號）
傳　　真／(06)-2912260
E-mail／emin0313@hotmail.com
總 編 輯／邵曉文
責　　編／李天送・張　貞
校　　稿／沈　婷・黃淑伶
完　　稿／高佩儀
作　　者／徐道存
美術設計／黃聖文設計工作室（AWAN）
電腦排版／全印排版科技股份有限公司
印刷裝訂／久裕印刷事業股份有限公司

總 代 理・商流文化事業有限公司
地　　址／新北市中和區中正路752號8樓
電　　話／(02)-22288841（代表號）
傳　　真／(02)-22286939
網　　址／http://www.vdm.com.tw
E-mail／service@vdm.com.tw

國家圖書館出版品預行編目資料

借古鑑今歷史名人傳奇演繹・徐道存／編著.
–初版.–臺南市：金文堂，2015.01　冊；17×23 公分
ISBN：978-957-800-645-4（平裝、豪華版）
1. 歷史人物傳奇演繹　2. 借古鑑今故事精華
177　　　103026349

2015年01月初版一刷　Printed in Taiwan
定價・新台幣 319 元整（平裝・豪華版）

讀者服務專線／0936689067

金文堂

Golden Hall

金文堂
Golden Hall